www.tredition.de

AF197401

Ulrich Goerschel

Fluchtroute Bodensee

© 2019 Ulrich Goerschel

Verlag und Druck: tredition GmbH,
Halenreie 40-44, 22359 Hamburg

ISBN
Paperback: 978-3-7497-0349-4
Hardcover: 978-3-7497-0350-0
e-Book: 978-3-7497-0351-7

Ulrich Goerschel

Fluchtroute Bodensee

Die Geschichte einer langen Flucht von Breslau nach Konstanz

Für Verena, Anna und Tim

1.Breslau, August 1919

Nachdenklich lehnte Albert Siedow am Haupteingang des Breslauer Bahnhofs und ließ seinen Blick über den offenen Platz zu seiner Linken schweifen. Hier herrschte reges Treiben. Pferdekutschen und sogar vereinzelt einige der neuartigen Automobile drängten sich auf der Gartenstraße, die sich mit der Neuen Schweidnitzer Straße kreuzte, der neuen Nord-Süd-Achse der Stadt.

Breslau schien sich jeden Tag ein wenig mehr zu verändern. Immer mehr Menschen waren auf den Straßen, Gehwegen und Plätzen zu sehen, viele von ihnen aus dem Osten, ein Gewirr aus deutschen Dialekten, Polnisch, Jiddisch, Schlesisch und Russisch war zu hören. Die Stadt summte wie ein Bienenstock, insbesondere in der Gegend rund um den Bahnhof. Hoch stand die Sonne an diesem Tag an einem wolkenlosen Himmel, kein Lüftchen ging. Er löste sich aus dem Schatten des Bahnhofsgebäudes und zog den Hut tiefer in das Gesicht. Wie immer verspätete sich sein Freund Hermann. Albert blickte sich nach allen Seiten um, und tatsächlich, da kam Hermann mit wehenden Rockschößen über den Platz gelaufen. In der Hand hielt er eine Zeitung, mit der er herumwedelte.

»Hast du es schon gelesen?«, rief er aufgeregt, kaum das er in Hörweite war. Albert runzelte die Stirn.

»Was gelesen?«

»Die neue Verfassung, sie ist abgedruckt, hier, im Originaltext.« Hermann hielt ihm die Zeitung unter die Nase. In großen Lettern WEIMARER REPUBLIK VERKÜNDET IHRE VERFASSUNG. Albert nahm die Zeitung. Gemeinsam überquerten sie den Platz in Richtung des Cafés Krone, wo sie sich manchmal zum Kaffee trafen, zumindest, sofern es welchen gab. Ansonsten tranken sie Tee. Die Lebensmittelversorgung war in Schlesien, der Kornkammer Preußens, nach dem Krieg besser als anderswo, doch Importwaren waren auch hier oft Mangelware. Hermann warf einen Blick auf seine Taschenuhr.

»Freust du dich auf den heutigen Abend?«

Albert runzelte die Stirn.

»Heute Abend?«

»Heute gehen wir tanzen! Eine große Tanzveranstaltung, das willst du doch nicht verpassen!«

Albert runzelte die Stirn, konnte jedoch ein Grinsen nicht unterdrücken. Hermann war schon immer ein Schwerenöter mit einer Schwäche für schöne Frauen gewesen, doch anders als er, Albert, brachte er nicht ganz das Äußere mit, das Frauenherzen höher schlagen ließ. Hermann war eher von schmaler, gedrungener Statur und an seiner Stirn zeigten sich tiefe Geheimratsecken, die er zumeist mit einem Hut und einem strengen Scheitel zu verstecken wusste. Auch Albert kämpfte mit seinen 32 Jahren mit den ersten kahlen Stellen, doch sein forsches Gesicht mit den funkelnden Augen und die hochaufgeschossene Figur machten diesen Eindruck mit Leichtigkeit wieder weg.

»Schau sie dir an, diese Ludersäcke. Das machen sie aus unserem schönen Kaiserreich«, tönte Hermann, während er Café für sie bestellte.

»Eine Republik! Hat man das schon einmal gehört? Und das, während die verdammten Kommunisten sich in Russland breitmachen. Die in Berlin wissen doch gar nicht, was der Iwan vorhat, wir hatten sie bis 80 Kilometer vor unseren Toren stehen. Und dann Polen! Ist das zu glauben, dass sie denen wirklich einen eigenen Staat gegeben haben? Unser schönes Schlesien. Ich sage dir, alles geht zum Teufel.«

Erregt wischte sich Hermann über die Stirn. Albert nickte höflich und nippte an seinem Kaffee, der heiß und köstlich schmeckte und ihn wohlig von innen wärmte. Seit den Kriegserlebnissen in Passendale überkam ihn manchmal ohne Grund eine ungewohnte, innere Kälte, die ihn die Zähne aufeinander schlagen ließ. Er schloss die Augen und versuchte, die Erinnerungen beiseitezuschieben, die sich ihm aufdrängten, das Schlachtfeld mit den kahlen Baumstümpfen, der Schlamm und das ewige Geschützfeuer.

Hermann schwieg und rührte in seinem Kaffee. Er wusste genau, was in solchen Momenten in seinem Freund vorging. Der Schrecken des Krieges war namenlos, unbegreiflich für jene, die ihn nicht erlebt hatten und schuf vielleicht deswegen eine Kameradschaft für das Leben. Dort, in den Schützengräben, waren sich die beiden jungen Soldaten aus Breslau, näher gekommen, hatten einander von den geheimsten Träumen und Wünschen erzählt und ein Band geflochten, das nicht mehr aufzulösen war. Hermann bewunderte seinen Freund Albert, der anders als er, der aus einer einigermaßen wohlhabenden Kaufmannsfamilie stammte, aus ärmlichen Verhältnissen kam. Das Geld der Familie hatte für die Universität nicht gereicht, obwohl Albert klug und gescheit war und so war er zum Militär gegangen und kurz darauf war der Krieg ausgebrochen. Die deutsche 6. Armee aus Breslau kam nach dem Schlieffenplan zuerst in Frankreich in den Ardennen zum Einsatz, schließlich dann in Belgien, als der Krieg doch eigentlich längst verloren war und verbissen um jeden Meter Frontlinie gekämpft worden war.

»Oh, diese elenden Volksverräter! Schau dir unseren Volksrat an. Sozialdemokraten, Gewerkschaftsführer, Liberale und die Zentrumspartei, da ist ja ein schöner Haufen zusammen. Kommunistenpack!«

Er spie das Wort regelrecht aus, dann beugte er sich ein wenig zu seinem Freund und sagte, deutlich leiser: »Am Sonntag trifft sich der Stahlhelm wieder. Es wird Zeit, dass wir handeln, dass wir die Schmach dieses Krieges ausmerzen und den elenden Franzosen zeigen, was wir von ihren Reparationsforderungen halten. Aushungern wollen sie uns, das Andenken an unsere Gefallenen mit Füßen treten, und ich sage es dir ganz ehrlich, Albert, ohne die Juden hätte es all das doch nicht gegeben. Den

Dolch haben sie uns in den Rücken gejagt, sonst hätten wir den Krieg gewonnen.«

Hermann war wieder lauter geworden, er redete sich regelrecht in Rage. Das Café war um diese Stunde gut besucht und die Ersten drehten neugierig die Köpfe, um zu sehen, wer da so erregt sprach, doch Albert blieb gleichmütig. Er kannte die Reden seines Freundes und dessen Temperament und vermied es meistens, mit ihm über Politik zu sprechen, wurden solche Diskussionen doch schnell hitzig, doch er wusste, dass viele in der Stadt dachten wie Hermann, vor allem jene, die im Krieg gekämpft hatten.

»Unseren Kaiser haben sie davongejagt, in Schimpf und Schande. Schämen sollten sie sich. Allesamt.«

Hermann klopfte auf die Zeitung, die vor ihm auf dem Tisch lag.

»Stell dir vor, sogar den Weibern haben sie ein Wahlrecht eingeräumt! Alles geht den Bach runter, und wir, die Rechtschaffenen, wir müssen etwas dagegen tun! Wir müssen die Werte verteidigen, die uns wichtig sind! In nur einer Generation schaffen sie es, alles, was der alte Bismarck aufgebaut hatte, einzureißen. Ich sehe Preußens Ende!«

»Der ungerechteste Frieden ist besser als der gerechteste Krieg«, sagte Albert.

»Was?« Hermann sah ihn verständnislos an.

»Das hat Cicero gesagt. Ein alter Römer.«

Hermann grunzte unverständlich.

»Wenn du deinen Kopf aus den Büchern nähmest, würdest du vielleicht auch erkennen, wo unser schönes Vaterland hinsteuert.«

Albert seufzte und nahm eine Gabel von der köstlichen Torte, die ihnen die freundliche Bedienung mit der gestärkten Schürze gerade kredenzte. Sie schmeckte so süß, dass sich ihm der Mund zusammenzog.

»Aus Büchern können wir eine Menge lernen. Zum Beispiel, dass die wenigstens Kriege zu etwas anderem führen als Leid und Elend. Du beschwerst dich über den Zustand unseres Landes? Über die Republik? Dann frage dich mal, wie es dazu gekommen ist. Wäre der Krieg nicht ausgebrochen, Kaiser Wilhelm II. regierte noch immer und wir hätten den schönsten Frieden der Welt und du noch deinen rechten Arm.«

Hermanns Blick flackerte. Der Verlust seines Armes in den letzten Tagen von Passendale war sein wunder Punkt, zumal es ausgerechnet der rechte war.

»Weißt du, dass man mit dir nicht streiten kann, Albert? Weil du nämlich immer und auf alles eine kluge Antwort hast. So macht das keinen Spaß.« Er grinste breit.

»Doch nun zu den Frauen. Ich habe gehört, heute machen sie sich alle recht fesch in für den Tanzabend. Wirst du dir wohl auch endlich eine schnappen? Du bist ein ganz schön alter

Junggeselle und jetzt, als zukünftiger Postbeamter, brauchst du doch jemanden, der dir den Haushalt führt, nicht wahr?«

»Ich heirate, wenn du heiratest«, gab Albert zurück, was Hermann in schallendes Gelächter ausbrechen ließ.

»Ich bin viel zu viel Mann für nur eine Frau.«

Er hob die Schulter mit dem hochgesteckten Ärmel.

»Auch mit nur einem Arm.«

Der Abend brachte eine sanfte Abkühlung. Überall brannten die Lichter, die Fenster standen offen und die Straßen waren voll von Menschen, die nach Vergnügungen suchten. Albert bemerkte, wie er sich, sobald er die Straße betrat, beschwingt fühlte, frei beinahe. Etwas lag in der Luft, ohne, dass er es recht zu greifen vermocht hätte. Hermann reichte ihm seinen Flachmann.

»Da, trink, sonst sitzt du nachher wieder da wie ein Stockfisch und die Mädchen machen einen großen Bogen um uns.«

Albert, der sonst nie trank, nahm den Flachmann, doch als er ihn seinem Freund zurückgeben wollte, war der schon auf und davon, um einer Gruppe Mädchen den Hof zu machen, die seine Bemühungen mit lautem Gekicher quittierten.

Der Tanzsaal lag im Osten der Stadt, in einer alten Offiziersmesse. Schon von weitem waren die laute Musik und das Gelächter zu hören. In Hermanns Augen trat ein Leuchten. Ein solcher Abend war ganz nach seinem Geschmack.

Albert konnte spüren, wie sich der Alkohol in seinem Kopf ausbreitete und ihn regelrecht beflügelte. Es war, als würden seine Gedanken leiser gedreht, als verlöre die Welt ihre Kanten.

»Halte dich vom Alkohol fern«, hatte sein Vater, ein einfacher Fabrikarbeiter zu sagen gepflegt. »Er zerstört alles, dich, deine Familie, deine Arbeit.«

Seine Eltern harrten derzeit in Rawitsch aus, seiner Heimatstadt, weil sie hofften, die Stadt würde nicht endgültig an Polen fallen, doch seit dem Winter wüteten dort heftige Straßenkämpfe polnischer Aufständischer und die Zeichen mehrten sich, dass die Stadt polnisch werden würde. Was dann aus seinen Eltern werden würde, wusste er nicht. Albert war ihr einziger Sohn, außer ihm gab es nur noch eine Schwester, doch seit dem Krieg waren die Stellen rar. Er hatte einen Zivilversorgungsschein erhalten und sich damit bei der Post beworben, doch noch hatte er keine Rückmeldung bekommen und wusste selbst nicht, wie es mit seinem Leben weiterging. Mehr als ein winziges Zimmer bei einer unfreundlichen Vermieterin konnte er sich nicht leisten und wenn nicht bald etwas geschah, würde auch er Breslau wieder verlassen müssen, obwohl er die Stadt liebte. Er liebte die Theater, die Lesungen, die Oper, all die klugen Köpfe und die Gespräche in den Cafés. Hier war er zu Hause, hier pulsierte das Leben.

Sie hatten die Halle erreicht. Drinnen herrschte wildes Treiben, junge Männer und Frauen tanzten ausgelassen zur Musik einer Kapelle, Alkohol floss in Strömen und die geröteten Gesichter kündeten davon, dass er seinen Weg in die durstigen Kehlen gefunden hatte. Hermann strahlte.

»Ich bin im Himmel«, sagte er und war schon verschwunden, auf der Suche nach einem Mädchen, das ihm willig in der lauen Sommernacht einige Küsse und vielleicht noch mehr schenken würde. Albert schlenderte am Rande der Tanzfläche zur Bar, wo großer Andrang herrschte, lehnte sich an und ließ seinen Blick schweifen. Manchmal ertappte er sich bei dem Wunsch, so zu sein, wie diese jungen Männer dort, so ausgelassen, so selbstvergessen. Immer erschien es ihm, als gäbe es ihn gleich mehrere Male, als fände eine ganze Konferenz in seinem Kopf statt, die jede Situation, und sei sie noch so trivial, gleich mehrfach beurteilte und kommentierte.

Albert ließ seinen Blick umherwandern und suchte sich schließlich einen Platz am Rande des Treibens. Er nahm Platz und sah sich um.

»Keine Lust zu tanzen?«, hörte er da eine Stimme. Er drehte sich um und sah in das freundliche Gesicht einer jungen Frau mit dunklem Haar.

»Hier, vielleicht hilft das«, sagte sie und hielt ihm ein Glas hin. Albert ergriff es vorsichtig. Sie griff nach einem weiteren Glas, das sie in die Höhe hielt.

»Bester Kartoffelschnaps«, sagte die Frau, dann lachte sie, warf den Kopf in den Nacken und leerte ihr Glas ebenfalls. Albert bemerkte, dass sie nicht mehr ganz jung war, vermutlich ging sie bereits auf die 30 zu, doch genau das verlieh ihr einen aparten Charme, den er in dieser Umgebung unglaublich anziehend fand. Ihre Augen funkelten und sie lachte und zeigte eine Reihe weißer, makelloser Zähne. Ihre Hände und Unterarme waren kräftig.

»Ich bin Anna«, sagte sie.

»Albert«, sagte Albert, und korrigierte sich dann. »Albert Siedow.«

»Das ist ein schöner Name«, sagte sie. Dabei fiel ihm ihr Dialekt auf.

»Du bist nicht von hier, oder?«, fragte er.

Sie schüttelte den Kopf.

»Nein, ich komme aus Bad Polzin in Pommern. Ich besuche gerade meine Cousine, die hier in der Stadt eine Anstellung hat.«

»Gefällt dir Breslau?«, fragte er.

Sie lächelte, fast ein wenig schüchtern und er bemerkte, dass ihm ihr Lächeln gefiel. Sie war anders als die anderen Frauen hier und das mochte er.

»Es ist eine große Stadt«, sagte sie. »So viele Häuser, Theater, Opern und dann erst die Universität. Bei uns zu Hause ist es anders. Dafür ist die Landschaft da schön. Und das Meer erst. Es ist wundervoll.«

Ein Leuchten trat in ihre Augen.

»Wie lange wirst du hier bleiben?«, fragte Albert.

»Ein paar Tage.«

»Darf ich dich vielleicht einladen? Ein Theaterbesuch? Eine Lesung? Eine Stadt wie Breslau sollte man stets mit einem kundigen Führer kennenlernen, und sei es nur mit einem Spaziergang.«

Anna zögerte kurz, dann aber lächelte sie und willigte ein.

Sie fand ihn auf eine seltsame Weise anziehend, diesen ernsten, zurückhaltenden Mann, aus dessen Augen ein Alter sprach, das nicht so recht zu seinen Lebensjahren passen wollte, doch der Krieg machte das mit den Männern, das wusste sie inzwischen.

Fragte man Anna später, so würde sie sagen, sie habe sich zuerst in Alberts Worte verliebt, in die sanften, wohlüberlegten Briefe, die er ihr nach ihrer Abreise aus Breslau schickte. Sie fanden den Weg in ihr Herz.

Am 28.07.1920, fast ein Jahr nach diesem ersten Abend, heirateten Albert und Anna und sie kam zu ihm nach Breslau. Albert hatte da gerade seine Stelle bei der Post erhalten und erhielt ein kleines Beamtensalär.

Breslau, Juli 1932

»Irmgard? Irmgard! Wo steckst du denn? Der Vater wartet schon.« Anna Siedow rief aus dem Fenster in den Hinterhof, ohne jedoch ihre Tochter erblicken zu können. Dafür aber hörte sie die Zeitungsjungen rufen.

»Albert, Albert, deine Partei hat gewonnen!«, rief sie ihrem Mann zu.

»Sie ist stärkste Partei geworden«

Just in diesem Augenblick hörte sie die schnellen Schritte ihrer Tochter auf der Treppe. Wie ein Wirbelwind schoss das Mädchen mit den klugen Augen und dem Bubikopf in die elterliche Wohnung, auf ihren Vater Albert zu, der gerade im Ohrensessel seinen Nachmittagskaffee genoss.

»Die Zeitungsjungen rufen es durch die Straßen, gewonnen hat er der Hitler, nur für die Regierung reicht es nicht«, sagte Anna und wandte sich dann an ihre Tochter.

»Wo hast du dich wieder herumgetrieben, junge Dame? Schau dir deine Schuhe an, sie sind ganz verstaubt!«

Die Wangen des Mädchens waren vom Laufen erhitzt, als es sich seinem Vater in die Arme warf, der gerade noch seine Tasse beiseite stellen konnte. Rasch griff er in seine Rocktasche und zog eine Münze hervor.

»Schnell, Irmgard, lauf und bringe mir eine Zeitung«, sagte er und schon fegte das Mädchen wieder davon, vorbei an der Mutter, die mit in die Hüften gestemmten Armen in der Tür stand.

»Das Mädchen wird nie Benehmen lernen, so wie du sie behandelst. Schau sie dir an, ein halber Junge ist sie«, schimpfte Anna mit ihrem Ehemann, doch dieser lächelte nur milde. Er wusste selbst, dass er seine Tochter verhätschelte, sie war sein wunder Punkt, seine Achillesferse. Nichts gab es, was er ihren großen, blauen Augen hätte abschlagen können und alles täte er, um sie glücklich zu sehen.

»Lass nur, Anna. Es hat noch nie geschadet, einem jungen Menschen die Freiheit zu lassen. Bücken müssen sie sich noch lange genug«, sagte er friedlich, stand dann aber auf und begann, in der Stube auf und abzulaufen.

»Was heißt das nun, dass Hitler gewonnen hat? Bekommst du nun einen Parteiposten?«, erkundigte sich Anna neugierig. Albert schnalzte mit der Zunge.

»Wenn es nicht für eine absolute Mehrheit gereicht hat, wird der Herr Hitler gar nichts tun«, sagte Albert und stellte sich an das Fenster. Die letzten Wochen waren voll von beunruhigenden Meldungen gewesen. Überall im Land waren Mitglieder der NSDAP und der KDP aneinandergeraten, in einem Bauernhaus bei Neustrelitz hatten betrunkene SA-Männer einen polnischen Mann geprügelt und dann erschossen und waren nie dafür vor Gericht gestellt worden. Solche Vorfälle gab es nun beinahe täglich. Die SA marschierte durch die Straßen. Zuwider waren sie ihm, diese rohen Gesellen, und er verstand nicht, warum Hitler sie gewähren ließ. Hatte er nicht längst genug Rückhalt von bürgerlicher und sogar adeliger Seite?

»Und was heißt das?«, fragte Anna, die Hände noch immer in die Hüften gestemmt.

»Es wird Neuwahlen geben«, erklärte Albert. »Schon bald, und dann wird die NSDAP noch mehr Stimmen bekommen. Dann wird es für eine alleinige Regierung reichen und dann wird er aufräumen, der Herr Hitler.«

Anna murmelte etwas Unverständliches und verschwand in Richtung Küche, wo sie sich am liebsten aufhielt. Er verstand, dass Hände, die ein ganzes Leben lang gearbeitet hatten, nun nicht auf einmal ruhen konnten, zumal ihr das Leben in der Stadt zu schaffen machte, und ließ ihr ihre Rückzugsorte.

»Ich bekomme keine Luft«, pflegte sie immer zu sagen und riss sich am gestärkten Kragen.

»Daheim, in Pommern, da ist der Himmel weit, da fliegen die Kraniche über die Felder, da weht ein Wind vom Meer und alles ist Freiheit und Fluss.« Manchmal, selten, fühlte sich Albert schuldig, weil er sie hierhergebracht hatte, weg aus Stettin und Bad Polzin, ihrer Heimatstadt. Aus Anna konnte man keine Stadtpflanze machen, ganz gleich welche schönen Kleider er ihr kaufte oder wie oft er sie zum Theater ausführte, sie trug lieber eine Schürze und kümmerte sich um den Haushalt.

Auf der Straße vor dem Haus herrschte reges Treiben, die Nachricht über den Wahlausgang verbreitete sich wie ein Lauffeuer und in vielen Gesichtern las er Freude, Hoffnung gar, eine Hoffnung, die er teilte. In den vergangenen Jahren war viel geschehen. Sein Herz verkrampfte sich, wenn er an die Vertreibung seiner alten Eltern aus Rawitsch dachte. Der Vater hatte sie nicht überlebt, an gebrochenem Herzen war er gestorben, die Mutter war ihm nur wenige Monate später gefolgt.

Wie ein solches Unrecht möglich war, das wollte er nicht verstehen. Natürlich hätten sie bleiben können, wenn sie Polen geworden wären, doch lieber wäre sein Vater gestorben. Seit die Weimarer Republik herrschte, ging es allerorten bergab. Die Arbeitslosigkeit war hoch, auch deshalb jubelten viele der neuen Partei zu, täglich trafen Nachrichten aus der Mitte des Deutschen Reichs, aus Berlin in Breslau ein, die davon kündeten, wie alles im Niedergang begriffen war. Es war an der Zeit, aufzuräumen, der Lotterei der Weimarer Republik ein Ende zu setzen, dieses Experiment für gescheitert zu erklären. Hitler war dafür der richtige Mann, dachte Albert, einer, der die Massen zu bewegen wusste und ohne die Massen, so wusste er, konnte man heute die Welt nicht mehr verändern. Unruhig begann er, vor dem Fenster auf und abzugehen. Viele Veränderungen hatten ihn mit Sorge erfüllt, etwa der Aufstieg der katholischen Zentrumspartei. Er verabscheute den Katholizismus für seine Obrigkeitshörigkeit und hielt ihn für eines der größten Hindernisse beim Fortschritt. Solange die Menschen dachten, dass im Himmel eine bessere Welt auf sie wartete, solange würden sie zögern, diese Welt hier zu einer besseren zu machen.

Manchmal, immer öfter in letzter Zeit, erfüllte ihn die Ignoranz der Menschen mit Zorn. Früh schon war er in die NSDAP eingetreten, kurz nach dem gescheiterten Putschversuch Hitlers hatte er sich der Ludendorff-Bewegung angeschlossen, dem Bund für Deutsche Gotteserkenntnis. Gott, das war nichts anderes als die Volksseele und die galt es in seinen Augen zu schützen, ganz anders als es diese Republik getan hatte. Von überall her aus dem Osten waren in den letzten Jahren die Juden in die Stadt gekommen, ganze Viertel gehörten ihnen jetzt. Was, wenn sie einst das Gleiche forderten wie die Polen? Würden sie dann auch Breslau verlieren, sein geliebtes Breslau, die »Blume Europas«?

Albert ertrug diesen Gedanken kaum, doch seit sich die Nachrichten von der stumpfen Blutlust der SA-Leute auf den Straßen des Reichs mehrten, wuchsen in ihm Zweifel. Er verabscheute Gewalt. Gewalt kam nur da zum Einsatz, wo der Geist versagte und in seinen Augen gab es für dieses Versagen nie eine Entschuldigung.

»Vater«, hörte da Irmgard von der Treppe aus rufen, und drehte sich zu ihr um. Mit roten Wangen und keuchendem Atem überreichte sie ihm die Zeitung, die in großen Lettern den Sieg der Nationalsozialisten verkündete.

Breslau, August 1934

»Ich freue mich auf den Herbst, wenn die Blätter wieder so schön rot werden«, sagte Irmgard, während sie auf einem Baumstumpf balancierte. Im nächsten Sommer würde sie zehn Jahre alt werden, sie war klein, fast schmächtig für ihr Alter, doch in der Schule war sie eine der Besten.

»Das hast du von deinem Vater«, pflegte die Mutter zu sagen, die die Liebe, die Tochter und Vater zu Büchern hatten, nicht teilte.

»Die Mutter denkt lieber mit den Händen«, pflegte wiederum Albert zu sagen und dann lachten er und Irmgard auf jene Weise, die nur sie beide verstanden.

»Glaubst du, es ist der liebe Gott, der die Blätter rot macht?«, fragte Irmgard, ihren Vater, der neben ihr her durch den Wald nahe des Breslauer Stadtteil Dürrgoy lief. Ihre gemeinsamen Sonntagsspaziergänge hatten Tradition und Albert, der von der Arbeit im Postamt sehr eingespannt war, genoss sie stets.

»Nein, es ist der Herbst, der die Blätter rot färbt«, erklärte er geduldig. »Bevor der Winter kommt, stoßen die Bäume die Blätter ab, weil sie sonst erfrieren und den Winter nicht überstehen würden.«

Irmgard neigte den Kopf und sah ihren Vater an.

»Aber ist es nicht schade um die Blätter? Sieh doch nur, wie schön sie jetzt sind? Wie ein Dach über uns.« Sie legte den Kopf in den Nacken und sah nach oben, bis es ihr schwindelte.

»Aber nein, im nächsten Jahr wachsen neue. Und andernfalls würden sie sich ja auch nicht verfärben und so schöne Farben bekommen.« Irmgard wandte den Kopf wieder nach vorne und sah ihren Vater sehr ernst an.

»Willst du damit sagen, die Blätter sehen im Herbst so schön aus, weil sie sterben?« Albert blinzelte. Immer wieder schaffte es seine Tochter, ihn mit solchen Fragen aus dem Konzept zu bringen.

»So kann man das wohl sagen«, sagte er nachdenklich. Wo hatte sie nur solche Gedanken her?

»Das ist traurig«, sagte sie, hüpfte aber schon im nächsten Augenblick wieder ausgelassen vor ihm her und Albert versank in seinen Gedanken. Im Januar 1933 war die NSDAP bei den Neuwahlen an die Macht gekommen, ganz so, wie es Albert vorhergesehen hatte und es war nur noch eine Frage der Zeit, bis die Weimarer Republik mit all ihren Institutionen ein Ende finden würde. Nur wie es dann weiterging, das wusste niemand. Ein Taumel hatte das Land ergriffen, ein Hoffnungstaumel, der das Denken außer Kraft setzte. Sie alle jubelten Hitler zu, doch je mehr der Rest des Landes ihrem neuen Führer zujubelte, umso mehr wurde Albert Siedow, als einer seiner frühesten Anhänger, von Zweifeln gemartert. Überall im Land verhafteten sie

Kommunisten, Sozialdemokraten und andere, mit denen die NSDAPler noch eine Rechnung offen hatten.

Mit Politik hatte das alles wenig zu tun und in Albert wuchs die Abscheu mit jedem Tag. Er sehnte sich nach Frieden, nach Kontinuität, wie es sie in Europa nur unter den starken Kaisern gegeben hatte. Nun war das Kaisertum abgeschafft und lange Zeit hatte er gehofft, dass Hitler als eine Art moderner Kaiser fungieren könnte, der das Reich und die Menschen zusammenhielt und ihnen in unsicheren Zeiten Führung gab. Nun stellte sich von Tag zu Tag mehr heraus, dass Hitler eben der Geist unsicherer Zeiten war.

Plötzlich hörte er vor sich einen erstickten Schrei. Erschrocken fuhr er aus seinen Gedanken auf und blickte zu Irmgard, die einige Meter von ihm entfernt stand und etwas anstarrte, das von seiner Position aus noch von Bäumen verborgen war. Rasch lief er zu ihr.

Irmgard stand unmittelbar vor einem fast zwei Meter hohen Zaun, der mit Stacheldraht bewehrt war. Dahinter lag eine große Fläche, auf der sich Baracken befanden, einfach und roh gezimmert. Zaun und Baracken verrieten, dass sie sich noch nicht lange hier befanden, doch das war es gar nicht, was Albert den Atem verschlug und Irmgard hatte aufschreien lassen. Es waren die Menschen hinter dem Zaun. Nie zuvor, noch nicht einmal im Krieg, hatte er Menschen in diesem Zustand gesehen. Ausgemergelte Körper, Gesichter, die wie die von Toten schienen, dürre Arme und Hände, die sich dem Kind unter

Wimmern entgegenstreckten. Es waren einige Dutzend, die sich in der Nähe des Zauns drängten, ohne ihn zu berühren, und als Albert näherkam, verstand er auch warum.

Er hörte das gefährliche Summen, das von dem Zaun ausging und schrie: »Irmgard, zurück! Der Zaun steht unter Spannung!«, doch Irmgard schien ihn gar nicht zu hören, so gebannt war sie von dem schrecklichen Anblick, der sich ihr bot. Endlich erreichte er sie und riss sie zurück. Nun konnte er auch verstehen, was die Gestalten wimmerten.

»Hunger«, sagten sie, immer wieder, mit schwachen Stimmen. »Hunger«.

Albert stand fassungslos vor dem Zaun. Wann war er zuletzt hier gewesen? Was war das für ein Ort? Was hatte das zu bedeuten? Auf einmal war ein lautes Knallen zu hören und von weitem kamen Männer in Uniformen herbeigelaufen. Einer schoss mit seiner Waffe in die Luft, ein anderer schwang die Peitsche und ließ sie unbarmherzig auf die elenden Gestalten vor dem Zaun niedersinken, die sich schreiend vor den brutalen Hieben zu schützen suchten.

»Schert euch weg, ihr Hundegesindel, an die Arbeit mit euch«, brüllte einer der Männer in SA-Uniform mit hochrotem Gesicht. Einige der Häftlinge stürzten, wurden aber von den anderen gepackt und hochgerissen und unter den Peitschenhieben liefen sie davon.

Der andere Uniformierte entdeckte Albert und Irmgard und kam an den Zaun.

»Was habt ihr hier zu suchen?«, fragte er barsch. Albert hatte das Gefühl, sich in einem Albtraum zu befinden.

»Dieser Ort ist für Zivilisten verboten.« Seine Stimme klang hart und in seinen Augen brannte etwas, das Albert sofort Furcht einflößte. Das war ein Mann, dessen Geschäft Gewalt war, rohe, tödliche Gewalt. Vernichtende Gewalt.

»Der Breslauer Polizeipräsident Heimes hat Weisung gegeben, dass alle Zivilisten rund einen halben Kilometer Abstand vom Lager halten müssen, sonst drohen empfindliche Strafen.« Die Art, wie er »empfindlich« sagte, verstärkte Alberts Furcht noch. Unwillkürlich wich er zurück und schob Irmgard, die mit großen Augen im vor Schreck blassen Gesicht verstummt war, hinter sich.

»Verzeihen Sie«, murmelte er. »Wir haben uns verlaufen.« Dann packte er Irmgard und zog sie hinter sich her in die Richtung, aus der sie gekommen waren.

Lange Zeit sprach Irmgard kein Wort, wie versteinert wirkte sie. Schließlich aber brach sie das Schweigen.

»Papa, was waren das für Menschen?«

»Ich weiß es nicht«, sagte er ehrlich, obwohl er tief in sich eine Ahnung hatte. Der Breslauer Polizeipräsident hatte aus seiner Gesinnung nie einen Hehl gemacht, ein roher, grobschlächtiger Mann. Vor rund einem Jahr hatte er im Berliner Reichstag einen anderen Abgeordneten tätlich angegriffen und war dafür vom damaligen Reichstagspräsidenten Paul Löbe hinausgeworfen worden. Noch im Januar, kurz nach der Wahl, hatte er Löbe verhaften lassen und es hieß, er habe ihn nach Breslau gebracht, in ein neu gegründetes Lager für politische Gefangene. Albert hatte von diesen Lagern gehört, doch nie hätte er sich auszumalen vermocht, was dort wirklich vor sich ging. Der Anblick der ausgemergelten, dem Tode nahen Gestalten, hatte sich tief in sein Innerstes gegraben und obwohl es ein warmer und überaus sonniger Tag mitten im August war, überkam ihn zum ersten Mal seit vielen Jahren wieder jene Kälte, die er damals, im schlammigen Schlachtfeld von Passendale verspürt hatte und mit dieser Kälte kam eine Erkenntnis, die ihm zusätzlich das Blut aus den Adern trieb: Hitler stand nicht für Frieden und Sicherheit, für eine Rückkehr zur guten, alten Zeit. Hitler stand für Mord, Folter und Tod und die nächsten Jahre würden die Welt an einen nie da gewesenen Abgrund führen, einen Abgrund, der Albert, seine Familie, Breslau, das Deutsche Reich und vielleicht die ganze Welt verschlingen würde.

2.

»Vater, Vater«, rief Irmgard, während sie mit flinken Schritten die Stufen zum Postamt an der Universität hinaufsprang. »Sieh nur, Mutter hat dir Erdbeerkuchen gebacken!« Der köstliche Duft des Kuchens strömte in das Postamt und trug ein wenig von der frischen Mailuft in die Räume. Atemlos balancierte sie das Päckchen mit dem Kuchen in Richtung Theke.

»Außerdem hat die Mutter mir auf dem Naschmarkt am Rathausplatz ein paar Karamellbonbons gekauft«, strahlte sie. »Stell dir vor, auf dem Weg hierher habe ich eine Katze getroffen, schwarz war sie, ganz und gar. Die Mutter sagt immer, die bringen Unglück, aber es war eine hübsche Katze und heute ist ja auch nicht Freitag, der 13.«, sprudelte es weiter aus dem Mädchen heraus. »Ein bisschen von der Schlagsahne habe ich ihm abgegeben, und die hat es abgeschleckt, das hättest du sehen sollen!«

»Irmgard«, unterbrach Albert seine lebhafte Tochter lächelnd.

»Möchtest du den gar nicht unseren Herrn Kurow begrüßen?« Er nickte dem blassen jungen Mann zu, der darauf mit einem schüchternen Lächeln reagierte. Herr Kurow war erst seit wenigen Tagen in der Poststelle angestellt und gab sich große Mühe, seiner neuen Anstellung auch gerecht zu werden. Bevor er aber Gelegenheit hatte, die Tochter seines Vorgesetzten angemessen zu begrüßen, war von draußen Lärm zu hören.

»Tragt sie zusammen, alle Bände! Auf den Schlossplatz damit, brennen sollen sie, alle. Volksfeindliche Gesinnungen haben in unserer Mitte keinen Platz!«, bellte jemand einen Befehl. Albert und Herr Kurow wechselten einen Blick und gingen dann gemeinsam an das Fenster, das zur Universität hin lag. Dort wimmelte es von braunen SA Uniformen und schwarzen SS Uniformen, die hektisch hin- und herliefen und offenbar Bücher aus der riesigen Bibliothek der Breslauer Universität schleppten. Einige Studenten halfen ihnen dabei, andere protestierten, reckten die Fäuste und versuchten, sie aufzuhalten.

Albert Siedow erblasste.

»Was tun die da?«, murmelte er. »Wo wollen sie mit den Büchern hin?« Im nächsten Moment schwang die Tür des Postamts auf, begleitet von dem hellen Klingeln der Türglocke und Hermann kam in tiefschwarzer Uniform hereinspaziert. Seine kniehohen Lederstiefel glänzten ebenso wie seine Mütze, die er abzog, um darunter seinen akkurat gezogenen Scheitel zu zeigen.

»Hermann!«, rief Albert. »Was geht denn da draußen vor?«

»Wir räumen auf«, antwortete Hermann augenzwinkernd. »All das jüdische, volksverseuchende Zeug, von Thomas Mann und Stefan Zweig und wie sie alle heißen, das wird heute verbrannt.«

Er entdeckte Irmgard und sagte zu ihr: »Hast du schon einmal ein richtig großes Feuer gesehen? Nein? Na, dann solltest du heute Abend auf den Schlossplatz kommen, dort wirst du eines erleben.«

»Aber ihr könnt doch keine Bücher verbrennen«, wandte Albert fassungslos ein. Hermann richtete sich auf und runzelte die Stirn.

»Ihr? Was meinst du damit?«

Albert bemerkte seinen Fehler und korrigierte sich rasch. »Wir natürlich, wir. Also, zu was soll das gut sein?«

»Der jüdische Zersetzungsgeist muss mit Stumpf und Stil ausgerottet werden«, gab Hermann zurück. »Hier in Breslau hat er ohnehin viel zu lange gewährt. Und auch die ganzen Sozialisten, die Pazifisten, und wie sie allen heißen, für sie alle ist kein Platz mehr in unserer Mitte und in den Köpfen unserer guten, arischen Studenten.«

»Mörder!«, gellte es da von draußen herein. »Mörder!« Hermanns Gesicht verhärtete sich. Ruckartig wandte er den Kopf. Durch die offene Tür war zu sehen, wie einige der Studenten versuchten, die SA- und die SS-Männer mit den Büchern aufzuhalten. Ein Handgemenge entstand, wie in Zeitlupe sah Albert, wie einer der SS-Männer eine Waffe zog und direkt auf einen der Studenten zielte. Dieser erstarrte mitten in der Bewegung. Albert stürzte zu seiner Tochter, die alles mit schreckensbleichem Gesicht mit ansah und verdeckte ihr Gesicht, indem er sie an sich zog.

Ein Schuss zerriss die Luft, als Albert die Augen wieder öffnete, sah er, dass der Student am Boden lag. Erst sah es aus, als sei er tot, dann aber wurde er von einem der SS-Männer in die Höhe gezogen und Albert sah, dass er unversehrt war. Gemeinsam mit zwei anderen Studenten wurden ihm

Handschellen angelegt und mit Fußtritten wurde er in Richtung eines schwarzen Autos befördert.

»Sieht aus, als würde ich gebraucht«, sagte Hermann und zog seine Mütze wieder an.

»Wo bringt ihr sie hin?«, fragte Albert. Statt einer Antwort zwinkerte Hermann ihm zu und verschwand hinaus in den hellen Sonnenschein eines Maitages, dessen Frieden unwiederbringlich zerstört war.

Hermann hatte die Chancen, die sich ihm durch die NSDAP eröffneten, früh erkannt. Anders als Albert war er glühender Verehrer Hitlers und die rohe Gewalt der SA machte ihm keinen Kummer. Trotzdem hatte er im vergangenen Jahr, rechtzeitig vor der »Nacht der langen Messer«, in der Hitler mit seinem ehemaligen Weggefährten Ernst Röhm abrechnete, zur SS gewechselt und dort eine beachtliche Karriere hingelegt, immerhin diente er nun direkt unter Gauleiter Brückner. Da Breslau zu den wenigen Kreisen gehört hatte, in denen die NSDAP 1933 eine absolute Mehrheit errungen hatte, konnte die SS sich hier der Zustimmung vieler sicher sein. Niemand hatte es gewagt, die Ermächtigungsgesetze zu kritisieren, im Gegenteil: Sie alle hofften, dass mit der hohen Arbeitslosigkeit endlich Schluss war. Das Ostoberschlesien an den neu gegründeten Staat Polen gegangen war, hatte in Breslau zu vielen Problemen geführt, lagen dort doch große Teile von Schlesiens Schwerindustrie, inklusive Kattowitz und Königshütte, die Arbeitslosigkeit war gestiegen. Nun aber, so sah es aus, räumte Hitler auf. Es war nur noch eine Frage der Zeit, bis er die

Sudetendeutschen in Böhmen und Mähren heim in das Reich holen würde und dann, so waren sich alle sicher, wäre Polen dran.

Aus dem Völkerbund war Hitler bereits ausgetreten, bald würde die allgemeine Wehrpflicht wieder eingeführt werden und dann, so sagte man, dann würde die Welt Deutschlands Stärke zu spüren bekommen. Schluss wäre dann mit dem Versailler Vertrag und all der Schmach und Demütigung der letzten Jahre, denen die Vertreter der Weimarer Republik nur tatenlos zugesehen hatten.

Albert fragte sich, wie Hermann nach allem, was sie gemeinsam in den Schützengräben des 1. Weltkriegs erlebt hatten, so bereitwillig die Vorbereitungen eines neuen Krieges begrüßen konnte. Hatte er das Leid vergessen, die Angst, den Geruch? Albert schloss die Augen, denn sofort kam ihm wieder dieser Geruch in die Nase, der metallene von frischem Blut, der stinkende von Gedärmen, die eine Schrapnelle aufgerissen hatte und schließlich der besonders widerwärtige, wenn die Wunden zu eitern begangen. Nie wieder wollte er einen Krieg erleben, ganz gleich für welche Art von Regierung.

Irmgard löste sich aus seiner Umklammerung.

»Ich glaube, Irmgard, ich bringe dich nach Hause. Heute solltest du nicht allein auf den Straßen unterwegs sein«, sagte Albert und sah zu seinem neuen Angestellten. Hans Kurows Gesicht hatte jede Farbe verloren, mit beiden Händen klammerte er sich an der Theke fest. Albert Siedow konnte nur ahnen, was in dem jungen Mann vorging.

Breslau, Juli 1938

»Ich kann ihn sehen, ich kann ihn sehen«, jubelte Irmgard, die den Hals reckte, um einen Blick auf den Führer auf der Führertribüne zu erhaschen. Auf dem Schlossplatz und den angrenzenden Straßen tummelten sich sämtliche Bewohner Breslaus, so hatte es den Anschein, war doch der Führer persönlich zur Eröffnung des 12. Deutschen Turn- und Sportfests nach Breslau gekommen und sogar das Wetter gab sich die Ehre.

»Führerwetter« sagten die Leute, während sie in die Sonne blinzelten und die Taschentücher reckten. Im März war Österreich »angeschlossen« worden, in Böhmen und Mähren hofften die Sudetendeutschen täglich darauf, dass Hitler sich auch ihrer annehmen würde. Innenminister Frick und Reichssportführer von Tschammer hielten flammende Reden und dann marschierten die Turner auf. Die riesige Musikkappelle spielte Marschmusik, das Jungvolk schwenkte die Fahnen und die ganze Stadt war mit riesigen Hakenkreuz-Flaggen geschmückt. Die Turner trugen eng anliegende Anzüge in leuchtenden Farben und sie alle hoben den Arm zum Hitlergruß in Richtung der Führertribüne, wenn sie daran vorbeikamen. Die Menge jubelte. Alle waren sie gekommen, um den Führer zu sehen und die Sportler zu begrüßen. Der Führer selbst wurde von hünenhaften Gesellen mit schwarzen Helmen bewacht, der SS-Leibstandarte, die als Einzige an diesem Tag finster und entschlossen dreinblickten.

Mehrere tausend Turner und Sportler würden in den kommenden Tagen zu Wettkämpfen überall in der Stadt antreten.

»Was ist das für ein Geräusch?«, fragte Anna, die neben ihrem Mann stand und den Hals reckte, um auch etwas sehen zu können. Sie musste fast schreien, um die Marschmusik und den Jubel zu übertönen.

»Was für ein Geräusch meinst du?«, gab Albert zurück.

»Da ist so ein Brummen, ein Vibrieren«, sagte sie und rüttelte ihr Ohr.

»Das sind die Turner«, gab Albert zurück. »Und die Musik.«

»Nein, da ist noch ein anderes Geräusch«, sagte Anna. »Als würde etwas näher kommen. Etwas Großes.«

Albert verdrehte die Augen, wie so oft, wenn seine Frau etwas sagte, was er für völlig unangebracht hielt. Dann aber hörte er es auch. Da kam etwas näher. Wie ein Anmarsch.

»Seht doch nur«, rief plötzlich jemand und alle lenkten ihre Aufmerksamkeit weg von den Turnern vor der Führertribüne, hin zu der Ecke, an der die Schweidnitzer Straße in den Schlossplatz mündete. Ein Strom bunt gekleideter Menschen, die in Formation gingen, ergoss sich auf den bereits dicht bevölkerten Platz, doch die Menschen machten ihnen bereitwillig Platz.

»Oh, mein Gott«, rief Anna und schlug sich die Hand vor den Mund. »Sieh doch nur, sieh doch nur«, schrie sie dann, wieder lauter.

»Es sind die Sudeten!«

Nun sah es auch Albert. Mehrere tausend Menschen in der unverwechselbaren Tracht der Sudeten marschierten auf den

Platz und wurden von dem frenetischen Jubel der Zuschauer begrüßt.

»Ein Reich, ein Volk, ein Führer«, schrie die Menge wie aus einem Mund und ein Gefühl wogte durch die Massen, dem sich niemand entziehen konnte. Alle gerieten außer sich, ergriffen von diesem Moment. Die Sudetenfrauen stürmten auf den Führer zu, reckten ihm die Hände entgegen und er ergriff sie.

»Ein Reich, ein Volk, ein Führer«, skandierten die Menschen immer weiter, es war ein Taumel der Massen und Albert spürte, wie er auch ihn ergriff, keine rationale Entscheidung, es war, als würde da eine Art Urinstinkt angesprochen, dem er sich nicht verwehren konnte, ein Mechanismus, den sein Verstand nicht kontrollierte. Der Einzelne löste sich auf in dieser jubelnden Masse und da dachte Albert, dass das, was er da spürte, vermutlich die göttliche Volksseele war, von der sie in der Ludendorff-Bewegung immer sprachen, was er da empfand, war der direkte Kontakt zum Göttlichen, verkörpert durch die vielen Einzelteile eines Volkes, das nun vereint auf diesem Schlossplatz stand, und dieser Gedanke ließ ihn eine Heiterkeit empfinden, die er seit Jahren, wenn überhaupt, nicht verspürt hatte, und ließ ihn die Abgründe, die er im Zusammenhang mit den Nationalsozialisten geschaut hatte, vergessen.

Breslau, November 1938

In den Novembertagen kam die Dunkelheit früh, in den Nächten zeigte sich bereits der erste Frost. Albert Siedow war an diesem

Abend früher als sonst aus dem Postamt nach Hause gekommen, denn in der Stadt lag Ärger in der Luft. Am Nachmittag hatten sich die Nachrichten aus Berlin wie ein Lauffeuer verbreitet, überall im Reich, so hieß es, brannten die Synagogen. Ein polnischer Jude hatte in Paris den deutschen Legationssekretär vom Rath erschossen, aus Verzweiflung über die Vertreibung seiner Familie. Wie ein Pulverfass entluden sich innerhalb weniger Stunden die Spannungen, die bereits seit Jahren überall im Reich zu spüren waren. »Vergeltung am Weltjudentum«, schrien sie, als Albert vom Postamt nach Hause eilte.

In den Straßen spielten sich schreckliche Szenen ab. Jüdische Familien wurden aus ihren Wohnungen geprügelt, ihre Geschäfte geplündert und mit Parolen beschmiert. Als Albert am feinen Kaufhaus Barasch am Großen Ring vorbeikam, sah er zertrümmerte Scheiben und zerstörte Waren, dabei liebte er dieses im Jugendstil errichtete Kaufhaus mit seinen ausgewählten Waren so sehr.

»Kauft nicht bei Juden«, hieß es schon lange, nach und nach hatten die Juden alle möglichen Rechte verloren. Studieren durften sie nicht mehr, auch die jüdischen Postbeamten verloren ihre Stellung. Einer Frau war vor Kurzem der Prozess gemacht worden, weil sie eine Liebesbeziehung zu einem Juden unterhielt – ein eigenes Gesetz sollte verhindern, dass die »Rassen«, von denen jetzt allerorten so viel die Rede war, sich vermischten.

Menschen rannten mit gehetztem Gesichtsausdruck durch die Straßen, der Geruch von Rauch lag in der Luft und Furcht war in allen Gesichtern zu lesen. SS-Männer marodierten durch die Stadt, es schien, als zählten Recht und Ordnung nicht mehr.

Zu Hause angekommen, versank Albert Siedow in ein dumpfes Schweigen, aus dem ihn auch seine geliebte Tochter Irmgard nicht zu lösen vermochte. Stumm stand er am Fenster und sah hinaus auf die Stadt, als ein Feuerschein die Dunkelheit durchbrach.

»Was ist das?«, fragte Anna, die neben ihn trat, die Hände noch feucht vom Geschirrspülen.

»Die Synagoge«, stellte Albert fest. »Es ist die neue Synagoge am südlichen Stadtrand. Sie brennt.« Tonlos war seine Stimme, es gab keine Emotion, die ausdrückte, was er empfand. Hielt er auch nicht viel von Religionen an sich, so konnte er die Gewalt in den Straßen auf keinen Fall gutheißen. Nichts Gutes konnte aus diesen Ereignissen geschehen, im Gegenteil.

Es klopfte an der Tür. Albert schrak zusammen, Anna klammerte sich an ihn.

»Mach nicht auf«, wisperte sie mit großen Augen. Kurz dachte Albert darüber nach, genau das zu tun, doch wer immer es war, befand sich bereits im Treppenhaus und hatte sicher Licht und Geräusche aus der Wohnung gehört.

Wieder klopfte es, diesmal war es ein regelrechtes Hämmern. Auch Irmgard erschien in der Stube, auch sie blass vor Angst.

»Papa, wer ist das?«, fragte sie.

»Ich weiß es nicht«, antwortete Albert. Dann straffte er sich und ging zur Tür. Er hatte sich nichts vorzuwerfen, aber was zählte das schon in einer Nacht wie dieser, in der der Terror regierte.

Er öffnete die Tür und fand davor zu seiner Überraschung seinen Mitarbeiter Herrn Kurow, der heftig aus einer Wunde an der Stirn blutete.

»Herr Kurow, um Himmelswillen, was ist geschehen?«, rief Albert entsetzt.

»Bitte, Herr Siedow, bitte lassen Sie mich ein.«

Sofort machte Albert Platz und ließ den Mann eintreten. Anna eilte davon, um Verbandszeug zu holen. Entkräftet sank Kurow auf den angebotenen Stuhl.

»Sie haben mich gejagt«, erklärte Kurow, nach Luft japsend, »durch die Straßen, irgendwann konnte ich sie abhängen.«

Albert blinzelte. Wovon sprach Kurow da?

Kurow hob den Blick und sah ihn an.

»Sie wissen es nicht?«

»Ich weiß was nicht?«, fragte Albert.

»Mein Vater, er war ein...« Kurows Stimme erstarb.

Albert und Anna sahen sich an.

»Ihr Vater war ein Jude?«, fragte Anna alarmiert.

Kurow nickte. Tränen schimmerten in seinen Augenwinkeln.

»Aber davon hätte ich doch vor ihrer Einstellung erfahren«, sagte Albert. »Sie haben doch einen kleinen Ariernachweis vorgelegt.«

Kurow schluckte schwer, bevor er antwortete: »Mein Vater starb im Herbst 1914, noch vor meiner Geburt. Er fiel in Flandern.

Meine Mutter heiratete wieder, diesmal einen Christen. Laut Geburtsurkunde ist er mein Vater.«

Albert atmete auf.

»Aber dann ist doch alles in Ordnung.«

Kurow schüttelt den Kopf.

»Leider nicht. Die alte Heiratsurkunde meiner Mutter ist wieder aufgetaucht. Ich habe geglaubt, man ließe mich in Ruhe, doch vor einigen Wochen standen sie vor meiner Tür. Sie haben meine Wohnung durchsucht und mir gedroht, mich mitzunehmen. Mein Nachbar ist ein hochrangiger Veteran, Ehrenkreuzträger, er konnte sie davonjagen, aber ich wusste, dass sie wiederkommen.«

Er holte tief Luft. Blut tropfte von seiner Stirn auf sein Hemd, doch er schien es gar nicht zu bemerken.

»Heute Nachmittag kamen sie wieder. Sie traten meine Tür ein und zerrten mich aus meiner Wohnung. Sie sagten, alle jüdischen Männer müssen sich auf dem Schlossplatz versammeln, sie werden deportiert, zum Arbeitsdienst. Unten in der Goldschmiede im Hinterhaus brach ein Feuer aus, da waren sie abgelenkt und ich konnte fliehen. Ich wusste nicht wohin.« Seine Stimme brach.

Anna ging neben ihm in die Hocke und begann, seine Wunde zu versorgen.

Albert raufte sich das Haar.

»Oh, diese seelenlose Mörderbande«, entfuhr es ihm. »In Schutt und Asche werden sie alles legen. Bald stehen von Breslau und vom Rest Deutschlands nur noch Ruinen.«

»Schscht«, machte Anna. »Willst du, dass sie sich dich auch noch deportieren?«

Albert achtete gar nicht auf sie, sondern begann, in der Stube auf und ab zu laufen.

»Sie müssen aus der Stadt, Kurow, ach was, Sie müssen aus dem Land. Haben Sie Verwandte anderswo, die Sie aufnehmen können?«

Kurow schüttelte den Kopf.

»Meine Mutter hat mich von der Familie meines Vaters immer ferngehalten, sie wusste, dass es mir nicht gut ansteht, wenn das einmal herauskommt.«

»Aber viele sind schon weg, ich meine, ausgereist, nicht wahr? Nach Amerika, in die Schweiz, nach England«, entgegnete Albert.

»Ich schreibe Ihnen ein Zeugnis. Haben Sie Ersparnisse?«

Diesmal nickte Kurow.

»Sie können die Nacht hier verbringen, bis sich alles beruhigt hat. Morgen bringe ich sie zum Bahnhof.«

»Was ist mit meinen Sachen?«, fragte Kurow.

»Vergessen sie sie. Sie können sich neue Sachen kaufen, sie sind ein junger, kluger und tatkräftiger Mann, Kurow. Jetzt heißt es, die eigene Haut retten.«

Stumm senkte Kurow den Blick, die flackernden Augen weit aufgerissen. Albert ging an das Fenster, wo der Widerschein der brennenden Synagoge den Himmel erleuchtete. Immer wieder hallten Schüsse durch das nächtliche Breslau, gefolgt von Schreien.

Breslau, Juli 1944

Meine liebe Mutter, mein lieber Vater,

seit drei Wochen bin ich nun schon hier in Berlin zum Kriegshilfsdienst und ich vermisse euch alle sehr. Geht es Vater gut? Er schreibt immer so schön, doch in der letzten Zeit habe ich das Gefühl, im fehlt die Muße. Wie ergeht es euch in Breslau, in meinem geliebten Breslau?

Ach, Mutter, wie anders Berlin ist. Groß ist es, riesig fast, und heiß ist es hier im Sommer. Freundinnen habe ich hier auch, das macht mir die Trennung von zu Hause doch leichter.

Fast jede Nacht kommen nun die Flieger und werfen Bomben auf die Stadt. Immerzu sitzen wir dann im Bunker, der ist so niedrig, dass man nicht in ihm stehen kann, und warten, bis die Sirenen verhallen. Immer ist da die Angst, dass sie das Haus über uns zerstören und wir eingesperrt sterben. Tapfer will ich sein, das ist es ja, was sie von uns erwarten, aber in diesen elenden, langen Bombennächten fällt es mir schwer.

Die Arbeit, die ich verrichte, ist geheim, deshalb darf ich auch nicht viel darüber erzählen, nur so viel, dass ich den Feind daran hindere, unsere Nachrichten zu lesen. Wir sind lauter Frauen, im Keller des Fernmeldeamts sitzen wir, und arbeiten, wir kommen von überall her.

Zu essen gibt es noch genug hier, ich kann nicht klagen, auch wenn sie uns nicht gerade üppig versorgen. Ich hoffe, ich kann alsbald nach Breslau und zu euch zurück. Ich hoffe, euch bald wiederzusehen.

Eure Irmgard

Anna ließ den Brief ihrer Tochter sinken und wischte sich die Tränen von den Wangen. Wie immer vermochte es ihre Tochter, in wenigen geschriebenen Zeilen Heiterkeit und Frohsinn zu vermitteln, obwohl es dafür schon lange keinen Grund mehr gab. So gerne hätte sie ihre Tochter nun bei sich, um sich das angstvolle Herz zu erwärmen.

Vor zwei Tagen hatte man Albert verhaftet, seither hatte sie nichts mehr von ihm gehört.

»Oh, Albert, wie konntest du nur so töricht sein?«, flüsterte Anna und schnäuzte sich in ihr Taschentuch.

Die Nachricht vom Attentat auf den Führer hatte sich innerhalb weniger Stunden im ganzen Reich verbreitet, eine Bombe hatten sie platziert, im Führerbunker an der Wolfsschanze. Eine Weile war nicht klar, ob der Führer überlebt hatte und da war Albert losgegangen.

»Heute gibt es etwas zu feiern«, hatte er zu Anna gesagt und sie an sich gezogen, ein Leuchten in seinen Augen, das sie darin schon seit Jahren nicht mehr gesehen hatte, und dann war er hinaus und kurz darauf mit einer Flasche Sekt zurück. Er musste ein Vermögen für die Flasche bezahlt haben, doch er wollte keinen Widerspruch hören.

»Bald hat das alles ein Ende, meine Anna. Dann leben wir wieder im Frieden, unsere Irmgard wird bei uns sein, und all der Irrsinn der letzten Jahre hat ein Ende.« Eingeschenkt hatte er ihr und eine Schallplatte aufgelegt, heiter hatte er gewirkt, gelöst beinahe.

Dann aber war die Nachricht gekommen, dass der Führer das Attentat wie durch ein Wunder überlebt hatte, unverletzt sogar und nun waren sie auf der Jagd nach den Attentätern.

Mitten in der Nacht hatte es an der Tür geklingelt, mit ihren schwarzen Stiefeln waren sie hereingekommen, hatten den verwirrten Albert im Nachthemd aus dem Bett geholt, kaum Zeit, sich anzuziehen, hatten sie ihm gelassen, ungekämmt war er zur Gestapo in das Auto gestiegen und seither verschwunden.

Immer wieder hatte Anna seither auf dem Polizeirevier nachgefragt, wo ihr Mann abgeblieben war, bis ihr ein unfreundlicher Beamter schließlich beschied, dass sie sich selbst in einer Zelle wiederfinden würde, wenn sie noch einmal nachfragte.

Anna hatte das Gefühl, als laste eine zentnerschwere Last auf ihr. Sie konnte weder essen noch schlafen, Irmgard war in Berlin, wo nun jede Nacht die Bomben fielen, Albert war im Gefängnis und wenn sie ihn verurteilten, würde man ihn wegbringen, in eines der Lager, an einen der Orte, von denen niemand mehr zurückkam.

»Ach, Albert«, sagte sie wieder und ging an das Fenster, um die Vorhänge zuziehen. Die Welt da draußen, sie ertrug sie nicht mehr.

In der Küche band sie sich eine Schürze um, schnappte sich Wurzelbürste und Eimer und begann, zum wiederholten Male in den letzten Tagen, die Böden zu schrubben, bis ihre Hände rot und rissig waren vom Putzwasser, in das sich ihre Tränen mischten.

So versunken war sie in ihre Tätigkeit, dass sie die Schritte auf der Treppe beinahe überhörte, doch dann ging die Tür auf und da stand er, ihr Albert, müde, mit dunklen Ringen unter den Augen, und saurem Schweißgeruch in den Kleidern, doch gesund und am Leben.

Anna stieß einen Schrei aus und fiel ihm in die Arme, hielt ihn fest, als fürchtete sie, ihn gleich wieder zu verlieren.

»Ich dachte, ich sehe dich nie mehr wieder«, flüsterte sie in seine Brust.

»Ach, Anna«, sagte er beschwichtigend, doch es lag eine neue Zärtlichkeit darin.

Anna schniefte.

»Ich habe wieder BBC im Radio gehört. In der deutschen Sendung sagten sie, dass sie jetzt in Frankreich bereits die ersten Siege erringen, die Westfront rückt näher. Im Herbst könnten sie schon in Aachen sein. Was nur aus unserer Irmgard wird? Ob sie sie bald heimlassen?«

Albert nickte.

»Im Gefängnis habe ich durch Zufall erfahren, dass die Russen im Osten die gesamte Heeresgruppe Mitte vernichtet haben. Minsk ist schon wieder in sowjetischer Hand. Es geht zu Ende, Anna, es geht zu Ende.«

Anna erblasste.

»Die Russen kommen? Aber dann sind sie ja bald in Breslau.«

»Noch ist es nicht so weit«, beruhigte Albert sie. Es schoss ihm durch den Kopf, seine Frau an den Befehl des Führers vom März zu erinnern, in dem dieser einige Städte zu Festungen erklärt hatte, Stützpunkte, die unter allem Umständen und zu jedem Preis zu halten seien, sollte der Feind weiter vorrücken. Noch war Breslau nicht darunter, doch das konnte sich jederzeit ändern. Aber vielleicht war dieser schreckliche Krieg schneller vorbei als befürchtet.

Breslau, Dezember 1944

Mitten in der Nacht hallten die Sirenen durch die Stadt. Den Bewohnern blieb nicht viel Zeit, ihre Wohnungen zu verlassen und in die Keller und Bunker zu stürmen, um sich vor den Bombenangriffen zu schützen. Lange Zeit war Breslau von den Bombardierungen verschont geblieben, es lag zu weit im Osten, um von den britischen und später auch amerikanischen Bombern erreicht zu werden. »Reichsluftschutzkeller« oder »Insel der Glückseligen« nannten viele die Stadt deshalb, doch im Oktober schließlich war die Front im Osten soweit vorgerückt, dass die

Bomber auch Breslau erreichen konnten und die Stadt bombardierten.

»Vater, Vater, komm schnell«, rief Irmgard, die im Elternschlafzimmer, das zum Hof hinaus lag, vor dem Volksempfänger saß und BBC lauschte. Streng verboten war das, doch wer zuverlässige Informationen über den Kriegsverlauf wollte, dem blieb nichts anderes übrig. Die reichseigenen Zeitungen und Radiostationen verbreiteten ständig Nachrichten, die nach Sieg klangen, dabei rückten die alliierten Kräfte an beiden Fronten immer näher.

Erste Berichte gab es bereits von den Gräueln, die die russischen Soldaten aus Rache an der Zivilbevölkerung verübten und die Familie Siedow saß auf gepackten Koffern. In wenigen Tagen war Weihnachten, draußen fiel der Schnee in dicken Flocken. Ganz Breslau war von einer dichten Schnee- und Eisschicht überzogen und auf den Kanälen und Flüssen fuhren die Kinder Schlittschuh.

Albert lief in das Schlafzimmer und beugte sich tief über das Gerät, aus dem nur leise die Stimme des Sprechers mit dem starken, britischen Akzent zu hören war.

»Die Offensive der deutschen Truppen in den Ardennen kann bislang aufgehalten werden. Uns liegen Informationen vor, dass die Treibstoffreserven der Deutschen zur Neige gehen. In wenigen Tagen werden amerikanische, britische und französische Truppen den Rhein erreichen. Warschau ist fest in sowjetischer Hand.«

Für einen kurzen Augenblick wurde Albert von einem Schwindel erfasst.

»So nah«, flüsterte er. »Das sind nur etwa 350 Kilometer.«

Irmgard schaute zu ihrem Vater auf.

»Was bedeutet das?«

»Ihr müsst fort«, bestimmte Albert.

»Du und Mutter, ihr müsst aus der Stadt, weg von hier.« Auf einmal war sein Mund trocken. Aus dem Postamt wusste er, zu was die russischen Soldaten gerade in Bezug auf die weibliche Zivilbevölkerung in der Lage war.

»Aber wohin denn, Vater?«, fragte Irmgard verängstigt.

Albert überlegte kurz.

»Die Fluchtwege nach Westen sind bereits von hunderttausenden von Flüchtlingen verstopft. Es gibt weder genug Züge noch genug zu essen.«

»Wir gehen nach Hause«, war auf einmal Annas Stimme von der Tür zu vernehmen.

»Nach Hause? Was meinst du damit?«

»Wir gehen nach Bad Polzin. Dort sind wir in Sicherheit. Da gibt es genug zu essen. Außerdem können wir von dort jederzeit mit dem Schiff in Richtung Reich fliehen. Bis der Russe von Warschau bis hoch in den Norden kommt, wird es dauern. Ich fange gleich an zu packen.«

Sie wandte sich um und verließ den Raum.

»Vater, was ist mit dir?«, fragte Irmgard. »Wirst du uns denn nicht begleiten?« Ihre Hand griff nach seinem Arm.

Albert zwang sich zu einem Lächeln.

»Du weißt doch, Liebes. Man hat die Stadt zur Festung erklärt. Mir als Mann werden sie auf keinen Fall erlauben, die Stadt zu verlassen. Aber ich habe einen Plan.«

Er setzte sich zu seiner Tochter auf das Bett und nahm liebevoll ihre Hand in seine.

»Wenn das hier alles vorbei ist treffen wir uns in Konstanz am Bodensee, in der Eisenbahnstraße, bei meiner Cousine Ruth.«

Irmgard schüttelte heftig den Kopf, Panik war in ihren Augen zu sehen.

»Ich gehe nicht ohne dich, Vater, auf keinen Fall!«, widersprach sie heftig.

»Du musst, liebe Irmgard, du musst, für deine Mutter. Mache dir um mich keine Sorgen, ich komme schon durch. In ein paar Monaten treffen wir uns alle am Bodensee. Du ahnst ja nicht, wie schön es dort ist. Es wird dir gefallen. Dann wird dieser schreckliche Krieg vorbei sein und wir sind alle wieder zusammen.«

Tränen liefen in Strömen über Irmgards Gesicht, doch Albert beruhigte und tröstete sie.

»Weihnachten verbringen wir noch mit dir«, warf sie ein.

»Dann gehen wir.« Diesmal widersprach Albert nicht. Er wusste, dass er diesen Wunsch seiner Tochter nicht abschlagen konnte.

Bad Polzin, Januar 1945

Irmgard hatte kaum eine Erinnerung an Bad Polzin, den Heimatort ihrer Mutter. Als Kind war sie einmal hier gewesen, im Sommer, und sie erinnerte sich an die Kraniche, an den weiten Himmel, die Kornfelder und den Geschmack von Apfelkompott. Das war für sie Pommern.

Jetzt, im Januar 1945, war von der sommerlichen Pracht nichts mehr zu erkennen. Alles lag erstarrt unter Eis, grau und braun und trostlos. Die Häuser schienen sich vor der Kälte zu ducken und in das Land zu schmiegen, Stoppelfelder, gepflasterte Straßen und kahle Bäume entlang der Alleen, an denen ihr Zug vorüber fuhr.

Sie hatte keine Ahnung, wie es ihrem Vater gelungen war, die Fahrkarten für die Strecke bis nach Bad Polzin aufzutreiben, in diesen chaotischen Tagen des neuen Jahres in Breslau. Gauleiter Hanke, der »Spitzbart«, wie ihn alle nannten, hatte Gerüchte verbreiten lassen, dass Frauen und Kinder die Festung Breslau bald verlassen mussten und das bei tiefen Minusgraden. Irmgard konnte sich nicht daran erinnern, je einen so kalten Winter erlebt zu haben. Sie schlang das Wolltuch ein wenig enger um ihre Schultern und blickte zu ihrer Mutter, die ihr gegenüber am Fenster lehnte und gedankenverloren hinausblickte.

»Erzähl mir von früher«, bat Irmgard.

»Wie war es hier?«

Ein Lächeln flog über die angestrengten Züge ihrer Mutter, auf denen der Kummer über den zurückgelassenen Vater deutlich geschrieben stand.

»Herrlich war es, das kannst du mir glauben. Die Frau Baronin Lanow hat sich immer gut um ihre Leute gekümmert. Wenn sich da mal einer verletzte, an den Landmaschinen etwa, dann hat sie sich um den gekümmert, das kannst du mir glauben. Auch für uns Kinder hatte sie immer ein gutes Wort oder eine Tasse Milch übrig.«

»War sie schön, die Frau Baronin? Ich stelle sie mir schön vor«, fragte Irmgard verträumt.

»Oh, sie war schön, wie eine Elfe fast, zerbrechlich, ganz zart. Eben nicht für harte Arbeit gemacht, aber dafür gab es ja uns. Meine Familie arbeitete schon Jahre für die Familie von Lanows und wir sind stolz darauf, dein Großvater war stolz darauf und deine Großmutter auch. Dein Großvater war Stallmeister, er kümmerte sich um die Pferde des Barons, stattliche Pferde waren das, keine Ackergäule, oh nein. Dein Großvater hatte ein Händchen für Pferde, es lag ihm im Blut. Einmal brachte der Baron einen schwarzen Hengst mit nach Hause, er hatte ihn gewonnen, doch dieser Hengst war ein wildes Wesen, er schlug um sich und biss und ließ sich nicht zähmen. Der Baron wollte ihn schon schlachten lassen, da ist dein Großvater hingegangen zu dem Hengst, jeden Tag, bis er sich erst von ihm hat anfassen und schließlich hat reiten lassen. Er verstand, was in der Pferdeseele vorging, er wusste sogar, wenn ein Pferd krank war, was zu tun war.«

Ihr Blick flackerte.

»Vermutlich haben sie alle Pferde längst weggeholt, für den Krieg. Aber wie soll man ohne Pferde einen so großen Hof führen?«

»Vielleicht benutzen sie ja inzwischen Maschinen?«, gab Irmgard zu bedenken, doch ihre Mutter lachte.

»Dafür gab es schon früher kein Geld. Du musst wissen, die Herren Lanow sind zwar von hohem Geblüt, doch Geld, das war immer knapp. Verschuldet waren sie, wie viele Gutsbesitzer in Pommern, hoch verschuldet. Und das mit den Maschinen, ich glaube nicht, dass ihre Arbeiter das mitgemacht hätten. Stell dir mal vor, die Maschinen hätten bald die Arbeit der Landarbeiter gemacht, was wäre dann aus den Landarbeitern geworden? Auf so einem Gut sind alle eine große Familie, man schaut nacheinander. Wie soll das mit Maschinen gehen? Können Maschinen ein Erntedankfest feiern? Ganz sicher nicht.«

Anna schnaubte bei diesem Gedanken und Irmgard musste lachen.

»Erzähl mir von den Erntedankfesten in Pommern«, bat sie. In Annas Augen blitzte etwas auf und sie rückte ein wenig hin und her, um sich gemütlicher zu platzieren.

»Erntedank feierten wir immer an Michaelis. Ab Jacobi brachten wir die Roggenernte ein, dazu gab es Austbier, das hat die nötige Kraft gegeben. Wir Frauen banden uns weiße Tücher um den Kopf, um uns vor der Sonne zu schützen, dann kam die Haferernte und dann die Obsternte. Da hatte man alle Hände voll zu tun, das kannst du mir glauben. Aus dem letzten Fuder der Ernte haben wir den Alten geflochten, weißt du, was das ist?«

Irmgard schüttelte den Kopf.

»Der Alte ist ein Männchen aus Stroh, das haben wir zusammengebunden und dem Herrn Baron gebracht, dafür hat er uns mit Speisen und Trank belohnt. Dann gab es noch einmal eine ordentliche Plackerei während der Kartoffelernte, das war eine Mühsal. Keinen gab es, dem danach nicht Knie und Rücken geschmerzt haben, aber dann haben wir Mädchen uns zusammengetan und haben die Kronen geflochten, von jeder Getreidesorte musste etwas dabei sein, in dem Kranz, sonst brachte es Unglück. Hinter der Scheune musste man den Mäusen ihren Anteil legen, damit sie nicht über den Winter die ganze Ernte auffraß, und beim ersten Sensenschnitt mussten die Mäher das Vaterunser sprechen, damit die Ernte nicht verdarb. Beim Einbringen des letzten Fuders durfte man nicht sprechen, auch das brachte Unglück.

Einmal, als ich noch Kind war, gab es einen neuen Arbeiter am Hof und er hielt sich nicht daran, plapperte und sprach, und siehe da, im nächsten Jahr, im April, kam er bei Holzarbeiten um das Leben. Wir hatten ihn ja gewarnt.«

Irmgard klatschte in die Hände.

»Wenn Vater dich so sprechen hören würde, er würde das alles alten Aberglauben schelten.«

Wieder schnaubte Anna.

»Dein Vater, liebe Irmgard, mag ein schlauer Mann sein, mit all seinen Büchern, die er schon gelesen hat und seinen klugen Worten, doch es gibt eine Menge Dinge, von denen er keine Ahnung hat, und vielleicht ist das ja auch gut so, denn dafür hat er ja mich. Manche Dinge kann man nicht erklären, sie sind schon immer so und man kann sie nicht einfach ändern, nur, weil man sich für schlauer hält.«

Ihr Blick wanderte wieder nach draußen zum Fenster.

»Am schönsten aber war es, wenn wir der Frau Baronin die Gänse brachten. Einmal im Jahr brachten wir alle unsere Gänse zu ihr, damit sie sich die fettesten aussuchen konnte, und dann schlachteten und rupften wir sie gemeinsam. Dabei wurden wir fürstlich bewirtet. Oh, das war eine Freude. Von so feinem Geschirr hatte ich damals noch nie gegessen.«

Sie strich sich über den groben Rock, den sie sich für die Reise angezogen hatte und betrachtete ihre Hände.

»Ich hätte nie gedacht, dass ich einmal so lebe, dass ich mein Geld nicht mit meinen Händen verdiene. Deinem Vater habe ich das zu verdanken, aber oft fehlt es mir, verstehst du das? Es ist, als hätte ich meine Wurzeln verloren, wie einen Baum, den man umgepflanzt hat. So oft habe ich deinem Vater damit in den Ohren gelegen und nun fahre ich zurück und er bleibt in Breslau und ich weiß nicht, ob ich ihn je wiedersehe.« Anna brach in lautes Schluchzen aus.

Irmgard streckte die Hand aus und drückte die ihrer Mutter zärtlich.

»Du kennst Vater und seinen Sturkopf doch. Was er sich vornimmt, das setzt er auch um, da wird ihn niemand von abhalten, kein Krieg und keine Frontlinie. Das nächste Weihnachten, das feiern wir alle zusammen in Konstanz bei Tante Ruth«, versuchte sie, ihre Mutter aufzumuntern.

»Du bist ein gutes Kind, Irmgard, seit dem Tag deiner Geburt bist die Sonne für mich und deinen Vater«, sagte die Mutter und umfasste die Hand ihrer Tochter mit beiden Händen.

»Wenn du nur glücklich und in Sicherheit bist, dann sind wir auch glücklich. Du bist doch alles, was wir haben.«

Irmgard lächelte.

»Mache dir um mich keine Sorgen, liebe Mutter. Ich habe von euch beiden das Beste geerbt.«

Mit lautem Pfeifen fuhr der Zug in den Bahnhof von Bad Polzin ein. Sie waren die einzigen Passagiere, die nach ihren Koffern griffen und sich einen Weg nach draußen bahnten. Alle anderen wollten weiter nach Norden, bis Danzig oder Kolberg. Es war Anna nicht gelungen, eine Nachricht nach Hause zu schicken, zu ihrer Schwester und ihrer Mutter, die noch immer in Bad Polzin lebten.

Kurz darauf standen Mutter und Tochter vor dem Bahnhof, zu beiden Seiten erstreckten sich einige geduckte Häuser, in dem einen befand sich ein Gasthaus, im nächsten ein Laden für Werkzeuge, und dahinter nur Straße und Feld.

»Wie weit ist es von hier?«, fragte Irmgard.

»Oh, wir werden wohl eine Stunde laufen müssen«, gab Anna unerwartet fröhlich zurück.

»Stell dir vor, den Weg bin ich früher jeden Tag gelaufen.« Sie wies mit dem Kopf auf ein Gebäude am Ende der Straße. »Dort war meine Schule.«

Das Gebäude lag nun verlassen. Eine eigenartige Ruhe herrschte hier, als sei die Zeit stehen geblieben, als die beiden Frauen ihren Fußmarsch durch die verschneite Landschaft begannen.

3.

Bad Polzin, Januar 1945

»Infolge unserer Gegenschläge hat die Stärke der feindlichen Angriffe in den Ardennen nachgelassen. Nordöstliche Laroche wehrten unsere Truppen zum Teil in Nachtgefechten den örtlich vorgedrungenen Gegner ab. Im Kampfraum südöstlich Bastogne wurden die Amerikaner durch unsere Gegenangriffe zurückgedrängt,; eine am Vortag entstandene Frontlücke wurde geschlossen.« (1). Irmgard drehte das Radio leiser und wandte sich an ihre Mutter.

»Warum sprechen sie immer nur über die Westfront? Seit Tagen schon hört man nichts mehr von den Städten im Osten, Tilsit, Breslau, Oppeln. Ob sie überhaupt noch existieren?«

Anna Siedow antwortete nicht, sondern blickte mit blassem Gesicht auf ihre Hände, die sie in ihrem Schoß knetete. Der Gutshof der Familie von Lanow quoll über vor Flüchtlingen, die vor dem Bombenregen im Westen oder den heranrückenden russischen Truppen im Osten hier Schutz gesucht hatten oder gar ausgebombt worden waren. Pommern, so hieß es, war eine Insel des Friedens, mit gut gefüllten Vorratskammern und Schutz vor den Bomben.

Irmgard und ihre Mutter waren bei einer Tante von Anna untergeschlüpft, wo sie ein eigenes Zimmer hatten. Bis auf die bittere Kälte um sie herum ging es ihnen gut.

»So einen Winter haben wir seit dem Alten Fritz nicht mehr gesehen«, pflegte Jelto, der einzige noch verbliebene Knecht der Familie Lanow zu sagen, wenn er am Morgen nach dem Schneeschnippen mit rot gefrorenen Händen in die Stube kam und dabei lachte er. Seit einem Unfall zog er das Bein nach, weshalb er nicht eingezogen worden war.

Fast jeden Tag kamen nun Trecks aus den östlicheren Städten Pommerns durch Bad Polzin, immer nach Westen wollten sie und wandern konnten sie nur am Tag, da die Straßen während der Nacht für das Militär gesperrt waren. Sie alle suchten Unterschlupf, viele von ihnen auf dem nahegelegenen Gutshof. Auch sie mussten versorgt werden, eine Mammutaufgabe für die Gutsherrin, deren Mann, ein Offizier, im Krieg vermisst war.

»Gott behüte uns«, murmelte Anna Siedow und rang die Hände. Irmgard kniete sich vor sie und nahm die Mutter in den Arm.

»Du kennst Vater und seinen Dickschädel doch. Er wird schon zurechtkommen.« Sie sah sich in dem winzigen Zimmer um.

»Die Frage ist mehr, wann wir von hier aufbrechen.«

Als sei das ein Zeichen gewesen, flog die Tür auf und Maria, eine der jungen Mägde der Lanows, ein rundes, rotwangiges Mädchen mit kornblondem Haar, kam atemlos herein.

»Sie sind hier«, japste sie. Irmgard fuhr in die Höhe.

»Wer ist hier?«

»Die Russen, sie haben heute Morgen Lodz eingenommen und um Posen wird erbittert erkämpft.«

Irmgard hatte das Gefühl, als griffe eine eiskalte Hand nach ihr. Die Zeit schien stehen zu bleiben und ihre eigene Stimme schien von weit her zu kommen.

»Wir müssen von hier weg«, sagte sie tonlos. Die Mutter hob den Blick, ein stummes Nicken. Maria wirbelte schon wieder hinaus, bevor Irmgard sie fragen konnte, woher sie diese Information hatte, doch vermutlich hatte sie, wie alle hier, BBC gehört.

Irmgard blickte zum Fenster, vor dem ununterbrochen dicke Schneeflocken tanzten. Obwohl sie den Ofen Tag und Nacht beheizten, froren sie.

»Es ist so kalt«, sagte Anna. »Wie sollen wir es bis nach Westen schaffen, bis nach Stettin oder Berlin? Zu Fuß? Ich bin nicht gut zu Fuß!«

Aus ihrer Stimme wurde ein Jammern und Irmgard begann, unruhig im Zimmer auf und abzugehen.

»Rasch, Mutter, lass uns zum Bahnhof gehen. Noch wissen vielleicht viele nicht, was los ist und wir bekommen noch einen Platz bis nach Stettin, von dort aus sehen wir weiter.« Anna schien unschlüssig, stand dann aber auf, schlang ihren Schal um sich und folgte der Tochter.

Auf der Treppe kamen ihnen zwei Frauen entgegen, die auf dem Dachboden des Hauses Unterschlupf gefunden hatten, eine Mutter und eine Tochter.

»Gerade sind Flüchtlinge aus Bütow angekommen«, sagte die Mutter und bekreuzigte sich. »Die Russen, noch nicht einmal vor den Kindern haben sie Halt gemacht.«

Ihre Hand umklammerte den dürren Arm ihrer Tochter wie eine Klaue, die Augen groß vor Angst. Irmgard schien es, als wüsste das Kind, was gesprochen wurde.

»Noch sind sie nicht hier«, versuchte sie, die Mutter zu beruhigen.

»Wir werden zum Bahnhof gehen und versuchen, einen Platz auf den Zügen zu bekommen. Kommt mit uns«, sagte Anna, doch die Mutter schüttelte den Kopf.

»Sie schießen auf die Züge, aus der Luft. Ich halte das nicht mehr aus, ich ertrage es nicht mehr. Wir warten, bis es zu schneien aufhört und schließen uns einem der Trecks an.«

Rasch stieg sie die Treppen hinauf und zog ihre Tochter hinter sich her. Irmgard sah ihr nach und wandte sich dann wieder an die Mutter.

»Wir werden lange brauchen bis zum Bahnhof. Lass uns gleich mitnehmen, was wir brauchen.« Anna nickte stumm, rasch eilten sie zurück in das Zimmer und stopften, was sie konnten, in zwei Taschen. Irmgard zog alle ihre Röcke und so viele Strümpfe, wie sie konnte, übereinander an, ebenso wie zwei Mäntel, über die sie noch eine Decke und einen Schal schlang. Die Sonne stand schon tief am Himmel, als die beiden Frauen sich auf den Weg zum Bahnhof machten.

Irmgards Hoffnung, die Nachricht der vorrückenden Roten Armee habe sich noch nicht verbreitet, erfüllte sich nicht. Der kleine Bahnhof von Bad Polzin quoll über vor Menschen und Koffern; alle hofften, noch einen schnellen Weg in Richtung

Westen zu finden, bevor die »rote Flut« sie alle überrollen würde. Es war kaum möglich, sich einen Weg durch das Gedränge zu bahnen.

»Mutter, hier entlang«, rief Irmgard und drängte sich durch die Menge. »Ich glaube, da kommt gerade ein Zug.« Tatsächlich verkündeten lautes Schnaufen und das Quietschen von Eisen und Eisen, dass sich ein Zug näherte. Unruhe brach in der kleinen Wartehalle und auf dem Bahnsteig aus, Menschen schubsten sich, riefen durcheinander und stolperten.

»Ein Zug, das ist ein D-Zug«, brüllte jemand vom Anfang des Bahnsteigs.

»Das muss der nach Stettin sein.«

Auf einmal brach die Hölle aus. Alle versuchten, sich einen Platz auf dem schmalen Bahnsteig zu ergattern, um so Zugang zum Zug zu bekommen. Irmgard spürte, wie sich Panik in ihr ausbreitete. Was, wenn das der letzte Zug war? Wie sollte sie in diesem Andrang noch Fahrkarten bekommen? Ob Mutter und sie es schaffen würden, sich einfach zwischen den Menschen in den Zug zu drängen?

Der Zug kam quietschend zum Stehen und die Menschen drängten noch entschlossener nach vorne, während einige Schaffner versuchten, zu den Türen zu gelangen.

»Weg da, aus dem Weg«, schrien sie, doch ihre Rufe gingen in dem allgemeinen Tumult unter. Die Fenster des Zuges waren allesamt beschmiert und beschlagen, die Menschen dahinter bestenfalls als Schatten zu sehen. Nun aber wurden die Fenster hinuntergeschoben und was Irmgard dahinter sah, verschlug ihr den Atem: Hohlwangige Menschen in zerrissenen Kleidern blickten hinaus, in ihren Augen eine Verzweiflung, die Irmgard mitten in das Herz ging. Einige von ihnen begannen, Bündel nach draußen zu reichen.

»Was machen die denn da?«, fragte sie ihre Mutter, die neben ihr stand und das Schauspiel stumm verfolgte. Plötzlich schlug Anna die Hand vor den Mund.

»Irmgard, sieh nur, es sind Babys. Es sind tote, erfrorene Babys!« Anna wies auf eines der Bündel, das unweit von ihnen von einem der Schaffner auf der Bahnsteigkante abgelegt worden war. Die verschlissene Wolldecke, in die man es gewickelt hatte, war ein wenig beiseite gerutscht und gab nun den Blick auf das winzige, puppengleiche Gesicht frei, aus dem jedes Leben gewichen war.

Irmgard schwindelte für einen Augenblick. Die Szene auf dem Bahnsteig wurde unwirklich, ein Albtraum, aus dem sie jeden Augenblick erwachen musste. Einige der Menschen ganz vorne hatten es geschafft, in den Zug zu gelangen, nun aber wurden die Türen verschlossen, die Fenster wieder verriegelt und mit Schnaufen und Quietschen setzte sich der Zug wieder in Bewegung.

»Wir brauchen Fahrkarten«, stellte Irmgard fest, als es ihr gelang, sich aus ihrer Erstarrung zu befreien. Sie drehte sich um und suchte den Schalter. Er lag nur in einigen Metern Entfernung, doch vor ihm hatte sich eine Menschenmenge gebildet.

»Warte du hier«, sagte sie zu ihrer Mutter. »Dann stehen wir gleich richtig.« Ohne auf eine Antwort zu warten, ging sie los.

Sie schob Menschen und Koffer beiseite, knuffte, bat und schimpfte und stand plötzlich vor dem Schalter, aus dem ein völlig verängstigter Mitarbeiter der Reichsbahn hervorblickte, dem seine Uniform um einige Größen zu klein war. Irmgard schätzte ihn auf weit über 60.

»Zweimal, mit dem nächsten D-Zug nach Berlin«, sagte sie und ihr schauderte, als sie an die toten Babys dachte. Wo war der D-Zug nur hergekommen? Wie konnte es sein, dass die Frauen ihre Babys erfrieren ließen? Wie musste es zugehen im Osten?

»Tut mir leid, Fräulein«, sagte der alte Mann mit zittriger Stimme. »Das war der letzte Zug. Ab jetzt fahren keine D-Züge mehr. Anordnung von ganz oben.« Um seinen Worten Nachdruck zu verleihen, wies er mit dem Zeigefinger nach oben.

Irmgard traute ihren Ohren nicht.

»Sie meinen, der nächste Zug kommt erst morgen früh? Aber wo sollen denn die ganzen Leute hin?«

Der alte Mann schüttelte den Kopf.

»Da kommt kein Zug mehr, auch nicht morgen früh.«

Wieder setzte das Gefühl ein, sich nur in einem Traum zu befinden. Wie in Trance ging Irmgard zurück zu ihrer Mutter und berichtete ihr von dem, was ihr der Mann gesagt hatte.

Anna kämpfte gegen die Verzweiflung.

»Aber wie sollen wir denn dann hier wegkommen? Wir müssen doch nach Konstanz, Albert, der Vater, er wartet doch auf uns.«

»Beruhige dich, Mutter«, sagte Irmgard rasch. »Wir werden schon eine Lösung finden.«

Der Bahnhof von Bad Polzin hatte nur drei Gleise. Der Bahnsteig Richtung Osten war leer, auf dem Richtung Westen befanden sie sich gerade. Erst jetzt nahm Irmgard bewusst wahr, dass auf dem dritten Gleis bereits ein Zug stand, der mit einem großen, roten Kreuz gekennzeichnet war.

»Ein Lazarettzug«, murmelte sie.

»Vergessen sie es«, sagte eine rundliche Frau neben ihr, die auf ihrem Koffer saß. »Die nehmen keinen mit, ich habe auch schon gefragt. Der Zug ist nur für die Soldaten.«

Irmgard blinzelte. »Das wollen wir ja mal sehen«, murmelte sie und verschwand in der Menge. Es war ein befreiendes Gefühl, den überfüllten Bahnsteig zu verlassen, während sie auf den Lazarettzug zulief. Dessen Türen waren verschlossen, nur die an der Fahrerkabine stand offen. Schon von weitem konnte sie den Geruch von Tabak riechen, doch unter diesem Geruch lag noch etwas anderes, ein widerlich süßlicher Geruch, der ihr den Atem nahm, und den sie instinktiv erkannte, wurde er doch vom Stöhnen und Klagen der Männer im Zug untermalt. Es war der Geruch des Todes.

»Entschuldigung?«, rief sie, als sie näherkam. Ein Mann sah heraus, kaum älter als Anfang 30, doch in seinem Gesicht stand etwas geschrieben, das ihn unendlich älter machte.

»Junge Frau, hier gibt es nichts. Das ist ein Militärzug...«, begann er.

»Das weiß ich«, unterbrach ihn Irmgard rasch. »Meine Mutter und ich verstehen etwas von Krankenpflege.« Ihr Blick wanderte den Zug hinauf. Sogar hier war das Wehklagen noch zu hören.

Ein unmerkliches Zittern durchlief den Zugführer.

»Wir kommen aus Danzig«, erklärte er. »Dort habe ich Männer aufgenommen, die seit Tagen ohne medizinische Versorgung vor sich hinvegetieren, die Lage ist katastrophal. Auf dem Weg hierher hat man uns mit Panzern beschossen. Ich weiß nicht, wie viele Züge es nach uns noch schaffen werden.« Sein Adamsapfel hüpfte aufgeregt auf und ab.

»Aber eines steht fest: Ich werde diesen Zug bis nach Karlsruhe bringen. Dort wartet meine Frau auf mich. Sie hat zu Weihnachten unseren Sohn auf die Welt gebracht und ich will verflucht sein, wenn ich es in diesem Chaos nicht bis zu ihnen schaffe. Niemand soll versuchen, mich aufzuhalten, kein Russe und kein Führer!« Die letzten Worte hatte er beinahe geschrien. Irmgard konnte den Impuls, sich ängstlich nach allen Seiten umzusehen, nicht unterdrücken, immerhin konnten drastische Strafen für solche Reden verhängt werden, doch niemand war in Hörweite, außerdem übertönte der Tumult auf dem gegenüberliegenden Bahnsteig so ziemlich alles.

»Wie alt sind Sie?«, wollte der Zugführer auf einmal wissen.

»20«, sagte Irmgard leise. Sie konnte spüren, wie sein Blick über ihr Gesicht wanderte, den Hals hinab bis zu den Beinen und wieder hinauf, er musterte sie ganz genau.

»Jung sind Sie«, bemerkte er. »Genau so, wie die Russen sie haben wollen.« Den letzten Satz hatte er mehr zu sich selbst gesagt als zu ihr, doch Irmgard erschrak dennoch, was ihm nicht entging.

»Holen Sie Ihre Mutter«, forderte er sie schließlich auf. »Ich fahre in zehn Minuten ab, wenn dieser elende D-Zug die Schienen freigegeben hat. Entweder Sie sind dann am Zug oder Sie bleiben hier.«

Irmgard verlor keine Zeit. Sie rannte, nein sie flog förmlich den Weg zurück, packte die Mutter am Arm und zerrte sie zurück zum Lazarettzug.

Irmgard war noch nicht oft mit dem Tod in Berührung gekommen. Während ihrer Zeit in Berlin war eine Frau im Luftschutzbunker in einer Bombennacht an einem Herzinfarkt gestorben, auch hatte sie am Morgen die Verwundeten gesehen und die zugedeckten Leichen, doch was ihr entgegenschlug, als hinter ihrer Mutter den Lazarettzug bestieg, spottete jeder ihrer vorangegangenen Erfahrungen. Sie betraten den Zug über jenen Wagen, der den Offizieren vorbehalten war. Hier bestanden die Betten noch aus richtigen Matratzen und waren breiter, doch der Gestank, der ihnen hier bereits entgegenschlug, war nur schwer zu ertragen. Eine einzelne Krankenschwester war damit beschäftigt, Verbände zu wechseln und Wasser zu reichen. Die meisten Männer schliefen, einige von ihnen sahen teilnahmslos aus dem Fenster.

Unerträglich wurde es, als sie das nächste Abteil betraten. In den Etagenbetten vegetierten Männer mit grauen Gesichtern vor sich hin, einige fiebernd, andere bewusstlos. Es stank nach Blut, nach Kot und nach Tod. Die Verwundeten lagen hier auf einfachen Holzpritschen und zum Teil sogar auf dem Fußboden, ohne Decken. Die Nachttöpfe liefen über und verteilten ihren Inhalt auf dem Boden. Viele der Männer hatten unversorgte Wunden, die rot entzündet waren und sogar eiterten, ihnen fehlten Arme und Beine oder ihre Gesichter waren von schrecklichen Verwundungen gezeichnet. Bei einigen war sich Irmgard sicher, dass sie bereits tot waren. Sie vergrub ihre Nase in ihrem Schal, um sich vor dem schrecklichen Geruch zu schützen. Am liebsten wäre sie sofort wieder ausgestiegen. Die Aussicht, die nächsten Tage mit diesen sterbenden Männern auf engstem Raum zu verbringen, verursachte Panik in ihr. Schon reckten sich die ersten Hände nach ihnen.

»Helfen Sie mir, bitte, ich sterbe, bitte Fräulein«, flehte einer der Männer, dessen Bein in einer unnatürlichen Haltung auf der Pritsche lag.

»Willkommen im Vorhof der Hölle«, hörte sie da eine Stimme. Vor ihnen, im Durchgang zum nächsten Abteil, stand ein Mann, der sich schwer gegen die Tür stützte, um den Kopf ein Verband, doch die Augen wach und das Gesicht erfrischend lebendig.

»Das hier ist das Abteil für die Schwerstverletzten. Man könnte auch sagen, die Hoffnungslosen. Der Chefarzt hat die Reihung verändert, als wir in Bütow losgefahren sind. Er sagte, die Offiziere vorne könnten ruhig hören, was ihre Entscheidungen verursacht haben.« Er grinste breit.

»Und Sie sind gekommen, um uns den Klauen des Teufels zu entreißen?« Irmgard sah ihn verwirrt an.

»Entschuldigen Sie«, sagte er. »Vor diesem Krieg war ich Schriftsteller. Das ist wie eine Krankheit, das wird man nie los.«

Irmgard blickte sich nach ihrer Mutter um, die bereits ihren Mantel abgestreift hatte und gerade dabei war, sich die Ärmel nach oben zu krempeln. Hatte sie in den letzten Stunden und Tagen beinahe apathisch gewirkt, so schien die Aussicht auf eine anstrengende Beschäftigung sie mit neuem Lebensmut zu erfüllen.

»Worauf wartest du?«, fuhr sie ihre Tochter an. »Da vorne hängen Schürzen, zieh dir eine an und dann hilf mir, diesen Saustall aufzuräumen.«

Sie verließen Bad Polzin gegen Abend. Vor den Fenstern verschmolz der graue Himmel mit der Landschaft zu einer undurchdringlichen Einheit. Irmgard und ihre Mutter bemerkten es kaum, so sehr waren sie in ihre Arbeit vertieft.

Auf dem Lazarettzug gab es drei Ärzte und eigentlich 12 Krankenschwestern, doch bei der letzten Abfahrt in Berlin waren einige nicht rechtzeitig aus den Bunkern gekommen, so dass es nur noch acht gab, dazu übernahmen noch rund 15 Sanitäter Dienst in einem Zug, der 240 Verletzte fasste, nun aber wohl deutlich mehr aufgenommen hatte. Nicht alle Verletzten waren schwerverletzt, viele konnten noch umhergehen und sich sogar um andere kümmern. Der letzte Wagen des Zuges, direkt hinter dem Abteil für die Sanitäter, in dem auch Irmgard und ihre Mutter später schlafen würden, war den Toten vorbehalten. Nur der stechende Geruch, der bei Kurven hin und wieder unter der Tür hervorkam, verkündete, was sich wenige Meter dahinter verbarg und Irmgard dankte der frostigen Kälte, als sie ihren Mantel und die Taschen im Sanitäterabteil ablegte.

In den nächsten Stunden wechselten Irmgard und ihre Mutter Verbände, gaben zu trinken und verteilten die spärlichen Schmerzmittel. Der Chefarzt war ein nervöser, kleiner Mann, der von der letzten Bombardierung einen Tick zurückbehalten hatte, ständig zwinkerte er mit den Augen, was ihn freundlicher wirken ließ, als er in Wirklichkeit war. Seine Aufgabe bestand vornehmlich darin, brüllend durch die Abteile zu laufen und Befehle zu bellen, seine heisere, sich überschlagende Stimme verfolgte Irmgard überall hin.

Der nächste Halt war Stettin, doch aufgrund der Witterungsbedingungen und weil sich immer wieder Trecks auf den Schienen befanden, konnte der Zugführer häufig nur mit Schrittgeschwindigkeit fahren. In Greifenberg schließlich kamen sie mitten in einem Tunnel wieder zum Stehen.

Irmgard, die sich gerade bei den Offizieren befand, klopfte an das Fahrerhäuschen.

»Warum halten wir an?«, fragte sie den Zugführer, der sie mit rot umrandeten Augen ansah.

»Ich bin seit 36 Stunden wach«, erklärte er. »Außerdem gehen Kohle und Wasser zur Neige. Hier im Tunnel können sie uns nicht beschießen, wenn die Flieger kommen. Ich werde die Lok abkoppeln, Wasser und Kohle besorgen und dann ein kurzes Nickerchen einlegen. Morgen früh geht es weiter.« Bevor sie etwa antworten konnte, verschloss er die Tür wieder. Kurz darauf hörte sie, wie er die Lok abkoppelte und mit ihr in der Dunkelheit verschwand.

Was, wenn er nicht wiederkommt?, fuhr es ihr durch den Kopf. Immerhin war alles, was er wollte, seine Frau und sein Kind sehen, aber wer war schon so dumm, ausgerechnet in einer Lok Fahnenflucht zu begehen? Jeder wusste, dass darauf die sofortige Erschießung stand, doch was kümmerte das einen verzweifelten Mann noch? Irmgard schüttelte diesen Gedanken ab und wandte sich wieder den Verwundeten zu.

Unter den Offizieren gab es einen älteren Mann, Irmgard schätzte ihn auf Ende 50.

»Fräulein«, sagte er hustend, als sie an ihm vorbeikam.

»Sie, Fräulein, Sie erinnern mich so an meine Tochter. Sie ist auch so ein hübsches Ding.« Irmgard blieb stehen und beugte sich zu dem Mann hinab.

»Wo kommen Sie her?«, fragte sie freundlich.

»Saarbrücken«, erwiderte der Mann. »Wer weiß, ob es das noch gibt, wir bekommen ja keine Nachrichten mehr, und die, die wir bekommen, stimmen vermutlich nicht.«

Irmgard schloss für einen Augenblick die Augen. Der Mann griff nach ihrer Hand und zog sie ein wenig zu sich heran. Sein scharfer Mundgeruch schlug ihr entgegen und Irmgard unterdrückte den Impuls, sich von ihm abzuwenden.

Seine Augen weiteten sich und wurden zugleich seltsam starr, als er sagte: »Immer habe ich hingewollt. Zu meiner Frau habe ich gesagt, nach Sankt Petersburg, da müssen wir hin, ich meine, natürlich nicht mehr, als die elenden Bolschewiken es besetzt hatte, Leningrad haben sie es genannt, diese Banausen, doch es bleibt ja immer Sankt Petersburg, eine Stadt wie diese verliert ihren Charakter nicht, ganz gleich, wie man sie nennt, das hat sie mit schönen Frauen gemein.« Er lächelte kurz, und griff sich dann an den Hals, als mache ihm etwas das Atmen schwer, ohne aber den Griff um Irmgards Finger zu lockern.

»Abgeriegelt haben wir die Stadt, wie mit einer eisernen Faust. Nichts kam rein und keiner kam raus. Zusehen konnte man den Menschen beim Sterben, wie sie dünner wurden und immer weniger. Die toten Kinder haben sie einfach vor die Stadttore gelegt.«

Irmgard schluckte, als sie bei seinen Worten an die toten Babys am Bahnsteig von Bad Polzin dachte.

»Und dann kam der Iwan, mit Panzern und Flugzeugen, und dennoch haben wir fast eine halbe Million von ihnen in den Tod gerissen, bis sie die Stadt oder was von ihr übrig war, wieder bekamen.«

Er reckte die Faust, ließ sie aber sogleich wieder fallen. Sein Blick heftete sich eindringlich an Irmgard, er schien ihre Augen regelrecht zu durchbohren.

»Ich warne Sie, junges Fräulein, Sie und alle Frauen im Reich. Wenn der Russe kommt, wird seine Rache furchtbar sein, wir haben ihn bluten lassen, ihn und die Frauen und die Kinder, ja, die Kinder, das sind ja die Schwächsten. Wir werden einen hohen Blutzoll zahlen, das steht fest, deshalb, hüten Sie sich, verstecken Sie sich, halten Sie sich von den Straßen fern. Wenn die Russen erst kommen, dann werden sie unser geliebtes Deutschland von der Landkarte tilgen. Glauben Sie nichts, was im Radio gesagt wird, der Russe will unseren Tod, die Vernichtung des gesamten deutschen Volkes, er will Rache, für alles, was wir dort getan haben. Und was wir dort taten...« Seine Stimme erstarb, er sank zurück auf sein Kissen und endlich ließ er Irmgards Hand los.

Rasch ging Irmgard weiter, das Herz schlug ihr bis zum Hals. Was hatte der Mann damit gemeint? Was hatten die Männer im Osten gemacht, die Soldaten? Sie schüttelte den Gedanken ab.

»Fräulein, bitte, Wasser«, hielt sie da einer der normalen Soldaten auf. Eine Granate hatte ihm den rechten Arm zerfetzt, der Stumpf ruhte in einem blutigen Verband. Irmgard brachte ihm Wasser und machte sich dann daran, den Verband zu wechseln, dankbar dafür, dass ihre Hände etwas zu tun hatten. Hier standen sie nun, in einem Tunnel mitten im Nirgendwo, hinter ihnen der Feind, vor ihnen das Reich, in dem doch auch schon Briten und Amerikaner standen, wenn es stimmte, was BBC erzählte. Wie würde man mit ihnen verfahren? Was hatte die Bevölkerung zu befürchten? Stimmte es, dass die Sieger Deutschland einfach von der Landkarte tilgen würden?

Die Wunde war nur stümperhaft genäht worden und die Ränder waren rot. Als Irmgard die Haut des Mannes berührte, fühlte diese sich an wie Papier, heiß war sie dazu. Es kostete den Mann große Anstrengung, aus dem Becher zu trinken, den sie ihm immer wieder hinhielt, kaum ein paar Tropfen fanden ihren Weg in seinen Mund, bis er sich schließlich abwandte. Noch bevor sie mit dem Verbandswechsel fertig war, fiel er in tiefen Schlaf.

Irmgard fand einen Arzt im nächsten Waggon.

»Der Mann dort drüben braucht dringend etwas gegen das Fieber. Ich glaube, seine Wunde hat sich infiziert.«

Der Arzt, noch keine 30, mit einem langen, ungepflegten Bart, hob kaum den Blick.

»Davon haben wir hier einige. Ich habe weder Antibiotika noch Schmerzmittel. In Stettin können wir einige der schwersten Fälle abladen, dort wird man sich um sie kümmern.

»Aber Sie können den Mann doch nicht einfach sterben lassen«, empörte sich Irmgard.

»Wenn Ihnen das so zu Herzen geht, dann setzen Sie sich zu ihm, bis er es hinter sich hat«, gab der Arzt ungerührt zurück. »Ich muss mich jetzt um die Fälle kümmern, bei denen es noch eine Chance gibt.« Mit diesen Worten war er auf und davon.

Irmgard ging zurück zu dem Sterbenden, zog sich einen Schemel heran und setzte sich zu ihm. Erst war sie sich nicht sicher, ob er sie bemerkte, doch als der nächste Tag rosarot am Horizont anbrach und den Blick auf die glitzernde Schneelandschaft freigab, hörte sie, wie er mit brüchiger Stimme zu singen begann: »Maikäfer flieg. Der Vater ist im Krieg, die Mutter ist im Pommerland, Pommerland ist abgebrannt, Maikäfer flieg...«

Irmgard bemerkte erst, dass sie weinte, als sie das Salz ihrer eigenen Tränen auf den Lippen schmeckte. Ihr Vater hatte ihr einst erklärt, dass dieses Lied aus den Tagen des Alten Fritz stammte, dem preußischen König, aus den Tagen des Siebenjährigen Krieges, der Pommern schwer gebeutelt hatte.

Wie eine grausame Ironie des Schicksals erschien es ihr, dass dieses Lied 200 Jahre später wieder aktuell werden sollte.

Berlin, Januar 1945

Als der Zug zwei Tage später Berlin erreichte, hatte Irmgard das Gefühl, sich in einem Albtraum zu befinden, aus dem es kein Erwachen gab. Ihre Mutter schlief auf einer der Pritschen im Sanitätswagen, sie selbst saß am Fenster und sah hinaus. Große Teile der Stadt bestanden nur noch aus Ruinen, dennoch ging von den Menschen am Bahnhof eine seltsame Ruhe aus, so als wüssten sie noch nichts von den Ereignissen weiter östlich. Irmgard wagte nicht, den Zug zu verlassen, aus Angst, er könnte weiterfahren, und so saß sie am Fenster und sah hinaus, sah die zerstörte Stadt und die, die in ihr zurückgeblieben waren, die Mütter, die Alten, die Kinder. War es vorstellbar, dass hier schon bald die Russen das Sagen haben würden? Oder die Amerikaner? Die Briten? Die Franzosen? Was würde aus ihnen werden? Wieder und wieder flogen ihre Gedanken zurück zu ihrem Vater, der in Breslau festsaß, die Russen vor der Stadt, die Stadt selbst eine Festung. Warum bekam man keine Nachrichten mehr von dort?

Der Zugführer selbst war ausgestiegen, während aus den umliegenden Krankenhäusern Personal kam, um die Kranken auszuladen. Knapp 50 Verletzte, darunter viele Schwerstverletzte, waren die Krankenhäuser in Berlin bereit aufzunehmen. Hinten am Zug holte ein schwarzer Wagen die Leichen ab. Ob man sie später an ihre Heimatorte überführen würde, war unklar, erst einmal würden sie in die Register aufgenommen.

Irmgard hatte in den letzten Tagen kaum geschlafen, auch die Versorgung im Zug war nicht besonders gut und hatte vor allem aus Zwieback und Tee bestanden, doch nun stellte sie mit einiger Erleichterung fest, dass auch der Vorratswagen neu beladen wurde. Wenn alles gut ging, dann waren sie in wenigen Tagen in Karlsruhe und von dort aus würde sie sich mit ihrer Mutter schon irgendwie weiter durchschlagen bis zum Bodensee.

Als zwei SS-Männer den Bahnsteig entlang kamen, zuckte Irmgard unwillkürlich zurück. Die beiden Männer blieben direkt unter dem Fenster stehen. Einer von ihnen zündete sich eine Zigarette an, der scharfe Zigarettenrauch zog in den Sanitätswagen.

»Für die kommenden Tage sind noch drei weitere Lazarettzüge angemeldet, die Krankenhäuser wollen aber niemanden mehr aufnehmen. Die nächsten Züge müssen weiterfahren, nach Leipzig oder Erfurt. Dresden hat auch bereits signalisiert, dass es keine Verletzten mehr aufnehmen kann. Der Befehl lautet, Tumulte hier am Bahnhof in jedem Fall zu verhindern. Die Bevölkerung darf nicht beunruhigt werden.«

»Heute kam ein Telegramm aus Schweidnitz. Mehrere tausend Frauen und Kinder sind zu Fuß unterwegs aus Breslau, Gauleiter Hanke hat dort den Befehl zum Treck gegeben. Aus Frankfurt Oder kam die Nachricht, dass die Kapazitäten erschöpft sind. Aus Auschwitz-Birkenau hat man knapp 60.000 Gefangene in Marsch nach Westen gesetzt, um sie vor dem Iwan zu retten.«

»Alle Kräfte müssen sich nun auf Berlin und das innere Reich konzentrieren. Die Offensive in den Ardennen läuft, wenn wir die Briten und die Franzosen erst zurückgeschlagen haben, kümmern wir uns um die Bolschewisten. Du wirst sehen, der Führer wird das Ruder noch einmal herumreißen. Gestern erst sah ich ihn, er ist voller Entschlossenheit. Der Endsieg kommt«, gab der andere zurück.

Sein Gegenüber schwieg, ein langes, bedeutungsvolles Schweigen, bevor die beiden Männer weitergingen.

Verwirrt blieb Irmgard zurück. Was bedeutete das? Wenn es in Breslau einen Treckbefehl gegeben hatte, war dann ihr Vater schon auf dem Weg nach Westen? Doch der Mann hatte nur von Frauen und Kindern gesprochen. Der eisige Griff um ihr Herz wurde wieder fester.

Leipzig, Januar 1945

Die Bomber kamen in der Nacht. So lange waren sie nun schon unterwegs, dass Irmgard fast davon ausgegangen war, man würde den Zug verschonen, immerhin war er deutlich als Lazarettzug ausgewiesen, doch seit sie Berlin verlassen hatten, löschten sie in der Nacht alle Lichter, um unerkannt zu bleiben.

Irmgard hatte sich gerade etwas hingelegt und döste im schaukelnden Sanitäterwagen vor sich hin, als ein lauter Knall und die darauffolgende Erschütterung sie aus dem Schlaf rissen.

Irmgard war sofort hellwach. Sie sprang auf, doch da schlug schon die nächste Bombe ein, unweit der Schienen. Der Boden bebte, der ganze Zug geriet in das Schwanken und von vorne war Geschrei zu hören.

Durch den schaukelnden Zug kämpfte sich Irmgard nach vorne. Auch einige der Verletzten waren aus ihren Pritschen gefallen und schrien vor Schreck und Schmerzen. In der Dunkelheit waren sie kaum zu erkennen und Irmgard tastete sich mehr vorwärts, als dass sie sah. Plötzlich klammerte sich jemand an ihr Bein, so abrupt, dass sie beinahe zu Fall gekommen wäre.

»Bitte, nicht schon wieder, keine Bomben, keine Bomben«, wimmerte der Mann zu ihren Füßen. Irmgard beugte sich zu ihm hinab und versuchte, ihn zu beruhigen.

»Wir fahren noch, wir sind nicht getroffen. Im nächsten Tunnel sind wir sicher. Nur die Ruhe!«, sagte sie, doch der Mann hörte ihr gar nicht zu.

»Ich halte es nicht mehr aus, ich halte es nicht mehr aus, ich ertrage den Krach nicht mehr«, schrie er und klammerte sich immer fester an ihr Bein.

»Wir werden alle sterben, alle, wir werden alle sterben.«

»Lass sofort die Frau los und benimm dich wie ein Mann!«, dröhnte da eine Stimme durch die Dunkelheit. Irmgard erkannte den verletzten Soldaten wieder, der in seinem früheren Leben Schriftsteller gewesen war und nun mit entschlossener Stimme zu dem hysterischen Soldaten sprach. Irmgard spürte, wie er näher kam, sich dann neben ihr nach unten neigte, was aufgrund seiner Verletzung nicht ganz einfach war und den Verletzten schließlich mit Gewalt dazu brachte, sie loszulassen.

Von seinem Gewicht befreit, taumelte Irmgard und konnte sich in letzter Sekunde an einer der Pritschen abfangen.

Wieder war ein Einschlag zu hören und diesmal sah sie die Bombe auch, ein heller, gleißender Lichtblitz wenige hundert Meter von ihnen entfernt zerriss die Dunkelheit, der Zug schwanke und schon befürchtete sie, er würde aus den Schienen springen, doch sie fuhren weiter und weiter bis schließlich die Flammen des Bombenhagels verschwanden und sie nur noch von Dunkelheit umgeben waren. Kurz darauf kam der Zug zum Stehen, so plötzlich, dass Irmgard erneut aus dem Gleichgewicht kam, sie fiel auf die Knie, stieß sich den Kopf, um sie herum waren auf einmal nur noch Körper und Stoff und Chaos, dann aber stand der Zug still und alles, was sie hören konnte, war das Stöhnen und Jammern der Soldaten.

Tastend versuchte sie, ihnen zur Hilfe zu kommen und brachte sie zurück in ihre Betten. Erst als der Morgen anbrach, wagte der Zugführer, ihren Weg nach Westen fortzusetzen.

Karlsruhe, Februar 1945

Schon früh hatten die britischen Bomberangriffe Karlsruhe erreicht. Seit 1940 hatte es über 100 Angriffe gegeben, die deutlich sichtbare Spuren in der Stadt hinterlassen hatten. Rund um den Bahnhof standen nur noch Ruinen, ausgebrannte Häuser, einzelne Wände.

Je weiter ihr Zug nach Westen kam, umso mehr hatte Irmgard das Gefühl, durch eine albtraumhafte Landschaft direkt aus den Beschreibungen der Offenbarung des Johannes und des Jüngsten Gerichts. Die meisten Städte waren zerbombt, die Menschen überall auf der Flucht. Die Bahnhöfe waren voll verzweifelter Frauen und vor allem Kinder, die versuchten, irgendwohin zu fliehen, manche der Kinder waren alleine unterwegs, unterernährte Gestalten, deren Anblick Irmgard einen Stich in das Herz versetzte.

Der Chefarzt und einige der Sanitäter verfügten über einen Volksempfänger, in dem unablässig vom Endsieg die Rede war, obwohl der Führer selbst aus der Reichskanzlei ausgebombt worden war und sich nun in seinen Bunker in Berlin zurückgezogen hatte. Durchhalteparolen schallten rund um die Uhr aus den Lautsprechern, es wurde verlangt, alle Ressourcen zu mobilisieren, um den Feind doch noch aufzuhalten, doch

Irmgard fragte sich, wo diese Ressourcen herkommen sollten. Sogar die Wehrmachtssoldaten, die sie auf den Bahnhöfen sah, boten einen traurigen Anblick, viele sahen schlecht ernährt und ungenügend ausgestattet aus. Wie lange konnte dieser Irrsinn noch weitergehen? Würde Hitler ernst machen und wirklich nicht kapitulieren, sondern sie alle dem Untergang weihen? Ein Blinder konnte sehen, dass dieser Krieg nicht mehr zu gewinnen war.

Schreckliche Gerüchte waren zu hören, seit die Russen in Ostpreußen einmarschiert waren, tausende flohen angeblich über das zugefrorene Haff nach Westen, wo sie den Bombenangriffen hilflos ausgeliefert waren. Vor zwei Tagen hatte ein russisches U-Boot das Lazarettschiff Gustloff bei Stolpmünde vor der Küste Pommerns versenkt, von vielen tausend Toten war die Rede, doch die Nachrichten sickerten nur langsam durch, waren viel zu oft nur Fetzen, die hinter vorgehaltener Hand an den Bahnhöfen ausgetauscht wurden oder die Irmgard erhielt, wenn sie sich mit dem Zugführer unterhielt. Den Endsieg anzuzweifeln, konnte den Tod bedeuten, immer wieder erzählten die Leute von Soldaten, die desertiert und ohne Umschweife hingerichtet worden waren. Die Welt, das wusste Irmgard jetzt, versank im Chaos.

Als der Zug in Karlsruhe hielt, hatte sie das Gefühl, nicht nur etliche Tage in den schaukelnden Waggons bei den Verletzten verbracht zu haben, sondern Jahre. Bad Polzin, Breslau, der Vater, all das erschien ihr weit weg zu sein, unwirklich fast, als gehörte es zu einem anderen Leben.

Die Anstrengungen der letzten Tage, der wenige Schlaf und die Angst hatten ihre Spuren hinterlassen, das Gesicht der Mutter war deutlich gezeichnet. Da waren Falten, die hatte sie vor wenigen Tagen noch nicht gehabt, da war sich Irmgard sicher, als sie ihre Mutter betrachtete, die im Mantel und mit dem Koffer neben ihr am Ausgang stand und wartete, dass die Türen sich öffneten. Es war noch immer bitterkalt, wenn auch weniger kalt als in Pommern, und Schnee fiel auch nicht, dafür blies ein eisiger Wind, als die Sanitäter die Türen öffneten und mit ihren Liegen in die Waggons strömten, um die letzten Verwundeten auszuladen.

In den vergangenen Tagen hatten sie in jeder größeren Stadt gehalten und Verletzte an die Krankenhäuser abgegeben, die viel zu oft durch die nächtlichen Bombenangriffe bereits überfüllt waren, dennoch hatte sich der Zug inzwischen bis auf wenige Dutzend Männer geleert.

Am Bahnsteig verabschiedeten sich der Chefarzt und die anderen Sanitäter von ihnen, es würde keine weitere Fahrt zurück in den Osten geben, denn den Osten, so wurde immer deutlicher, den gab es nicht mehr. Ab hier war jeder auf sich allein gestellt.

Irmgard und ihre Mutter gingen den Bahnsteig entlang, als der Zugführer aus dem Führerabteil sprang. Dunkle Ringe waren unter seinen Augen zu sehen, Bartstoppeln zierten sein Gesicht und ein scharfer Geruch nach Schweiß und Erschöpfung ging von ihm aus. Irmgard blieb stehen und reichte ihm ihre Hand.

»Danke«, sagte sie und er nahm ihre Hand mit einem erschöpften Lächeln. Dann tippte er sich an seine Uniformmütze und sagte: »Ich gehe jetzt nach Hause.« Irmgard erwiderte sein Lächeln.

»Grüßen Sie Ihre Frau von mir«, sagte sie und dann ging er davon.

Wie an jedem anderen Bahnhof im Reich, herrschte auch in Karlsruhe Chaos und Irmgard hatte alle Not, sich einen Überblick zu verschaffen, während sie vor dem Fahrplan stand und nach einer Verbindung nach Freiburg/Donaueschingen suchte.

»Verlassen sie sich nicht auf den Fahrplan«, sagte plötzlich eine Stimme. Irmgard hob den Kopf und blickte in das freundliche Gesicht eines rundlichen Mannes in einer Latzhose, der neben dem Aushang an einem Stützpfeiler lehnte und rauchte.

»Wo soll es denn hingehen?«

Irmgard überlegte nicht lange. Das Glück hatte sie und ihre Mutter bis hierhin gebracht, vielleicht war es ihnen auch weiter hold.

»Nach Konstanz, in die Eisenbahnstraße«, sagte sie.

»Nach Konstanz? Bis an den Bodensee?«, fragte der Mann und kratzte sich an der Stirn.

»So weit fahre ich nicht, aber bis nach Villingen kann ich dich mich mitnehmen.«

»Uns«, korrigierte Irmgard. »Ich reise mit meiner Mutter.«

Der Mann lachte. »Dann mal los. Ich hoffe, ihr seid nicht empfindlich. Ich habe meinen Wagen auf Holzvergasung umgerüstet, Benzin gibt es ja schon lange nicht mehr. Da kann es ganz schön rauchig werden, aber das ist gut gegen das Ungeziefer nicht wahr?«

Wieder lachte er, seine Fröhlichkeit stand in scharfem Kontrast zu all dem Elend und der Verzweiflung, die Irmgard in den letzten Tagen gesehen hatte und plötzlich war es, als fiele ein wenig mehr Sonnenschein in die Bahnhofsvorhalle in Karlsruhe, als Irmgard sich umwandte, um ihrer Mutter Bescheid zu geben, dass ihre Reise weiterging.

4.

Insel Wollin, Juni 1939

Verschlafen erwachte der Ort zwischen Stettiner Bucht und Swine zum Leben. Der Morgen ließ die sonst eher triste Arbeitersiedlung in frischem Glanz erstrahlen und von den Lubiner Kreidewerken her waren laute Arbeitsgeräusche zu hören, während über der Alten Swine bereits die Wasservögel kreisten. Der Geruch von Salz lag in der Luft, der verbunden mit der sanften Milde des frühsommerlichen Tages eine Heiterkeit verbreitete, die sich ansteckend auf Hans Goerschel auswirkte, der seinen tiefblauen Adler Trumpf Junior über die geschwungenen Landstraßen entlang der Küste steuerte.

Gestern erst war er angereist, um in Vorbereitung auf die anstehende Saison die aktuellen Anzeigen mit seinen Kunden zu besprechen. Nicht nur aus Berlin, sondern auch aus anderen Teilen Deutschlands reisten in den letzten Jahren immer mehr Menschen an die Ostsee, um sich an der frischen Meeresluft zu erholen und die Sommerfrische zu genießen.

Ahlbeck und Heringsdorf auf Usedom auf der anderen Seite der Swinemündung waren inzwischen beliebte Urlaubsorte, in denen ein Hotel nach dem nächsten aufmachte, und auch in Misdroy auf der anderen Swineseite stieg der Strom der Urlauber stetig an, vor allem, seit es eine direkte Eisenbahnverbindung aus Berlin gab. Hans wollte auf keinen Fall die Gelegenheit verpassen, auch dort sein Anzeigenprogramm vorzustellen, zumal der Zeitungsverlag, für den er arbeitete, ein breites Portfolio an verschiedenen Tages- und Wochenzeitungen anbot, die eine ganz unterschiedliche Leserschaft erreichten und viele Anzeigenkunden anlockten.

Auf der Höhe der Seebrücke parkte er sein Auto und schlenderte an der Küstenstraße entlang, wo die ersten Geschäfte und Cafés allmählich zum Leben erwachten. Im Osten ragten hohe Steilküsten auf, im Westen konnte man bei gutem Wetter bis nach Usedom sehen. Ein Café erweckte seine Aufmerksamkeit. Der Geruch nach frischem Kaffee und Kuchen schlug ihm entgegen und hob seine Stimmung ein weiteres Mal. Er nickte der Bedienung in der steifen Schürze zu und setzte sich an einen Tisch, um sich der Lektüre der Berliner Morgenpost zu widmen, zu der er heute noch nicht gekommen war.

»Ein herrlicher Tag, nicht wahr?«, sagte eine samtweiche Stimme. Hans hob den Kopf und blickte direkt in die katzenhaften grünen Augen einer Frau, die ihm schräg gegenüber saß. Hut, Handschuhe und das flaschengrüne Kleid, das hervorragend zu ihren Augen passte, zeigten, dass sie zu den wohlhabenden Besuchern des Seebads gehörte. Ihr Blick blieb einen winzigen Moment zu lange an Hans hängen, so dass dieser lächelnd ihr Interesse an ihm registrierte.

Der Frühsommer verfehlte seine Wirkung nicht, weder bei den Vögeln, noch bei den Damen, dachte er schmunzelnd und nickte der Frau zu, sicherlich die Gattin eines Unternehmers aus der Region oder gleich adeliger Abstammung.

»Ein wunderbarer Tag«, bestätigte er. Sie seufzte tief und griff nach ihrem Fächer, mit dem sie sich auf theatralische Weise Luft zufächelte.

»Ich fürchte, es wird ein wenig heiß werden heute.« In ihrem Lächeln lag etwas Verschmitztes, das gekonnt zwischen Koketterie und Unschuld balancierte.

»Der Wind weht direkt auf die Küste zu, ich komme gerade aus Ahlbeck, ich darf sie beruhigen, es mag ein sonniger, aber kein schwüler Tag werden«, führte Hans die Konversation höflich fort.

»Sie sind hier aus der Gegend? Ich glaubte, ich hätte gerade einen berlinerischen Einschlag gehört?«, fragte sie augenklimpernd. Hans nickte.

»Das haben Sie richtig erkannt, ich bin geschäftlich hier.« Sein Blick wanderte hinaus zu seinem Wagen, der blauschimmernd in der Sonne stand und registrierte zufrieden, wie sie anerkennend ihre Augenbrauen hob. Ein Automobil war noch immer nichts Selbstverständliches.

»Oh, so gerne würde ich auch eines fahren, aber mein Gatte, wissen Sie, er ist altmodisch. Er möchte nicht so recht mit der Zeit gehen«, erklärte sie seufzend.

»Auf Vertrautes zu setzen, muss nicht das Schlechteste sein«, gab Hans zurück. »Wer ist denn Ihr Gatte? Vielleicht gehört er zu meinen Kunden und ich kann ihn von der Zukunft des Automobils überzeugen.«

Sein Gegenüber schlug die Augen nieder. »Mein Mann ist der Arzt hier in Misdroy.« Nun war es an Hans, wohlwollend zu nicken.

»Richten Sie Ihrem Gemahl unbekannterweise meine besten Grüße aus«, sagte er, griff nach der Zeitung und seinem Café und ging nach draußen, um sich auf der Terrasse des Cafés einen ungestörteren Platz zu suchen.

Danzig, Oktober 1939

Eigenartig ruhig lag Danzig, noch einige Kilometer entfernt, in der spätherbstlichen Sonne. Nachdem es über Tage hinweg nur geregnet hatte, schien die Sonne an diesem Tag den Wettkampf gegen den Winter noch ein letztes Mal gewinnen zu wollen.

Die Artillerie-Regimenter, zu denen auch das von Hans gehörte, zogen hinter den Panzerverbänden auf die Stadt zu, in deren Herzen sich die SS Heimwehr Danzig ein heftiges Gefecht um die Post geliefert hatte.

Zu ihrer Rechten lag die Westerplatte, wo vor knapp vier Wochen der Krieg gegen Polen mit dem Bombardement der polnischen Gefechtsstellungen entlang der Halbinsel durch das Schulschiff Schleswig-Holstein begonnen hatte, doch erst die Bombardierung durch Sturzkampfflugzeuge hatte den Kampf um Danzig entschieden.

Danzig war zum größten Teil eine deutsche Stadt, durch die Versailler Verträge aber vom Rest des Reiches abgeschnitten wurden und Hans erkannte, wie viele andere, in der Einnahme dieser Stadt durchaus den symbolischen Charakter. Hitler, daran konnte kein Zweifel mehr bestehen, räumte auf in Europa.

Seine Zeit beim Militär war bereits seit fünf Jahren vorbei, er hatte zu den Ersten gehört, die unter der wieder eingeführten Wehrpflicht ab 1933 eine militärische Ausbildung absolvierten, doch damals hätte er sich nicht vorstellen können, dass er eines Tages an echten Kampfhandlungen teilnahm.

Noch war alles wie im Rausch, unwirklich. Wenn es Tote gegeben hatte, so sah er sie nicht. Die Zeitungen in Deutschland berichteten über den deutschen Einmarsch in Polen mit frenetischem Jubel, endlich wurde das eiserne Joch der Versailler Verträge abgeschüttelt und sogar mit den misstrauisch beäugten Sowjets hatte man eine Einigung gefunden, für die meisten treuen Anhänger Hitlers kam das alles der Erfüllung eines lang gehegten Traums gleich, doch Hans sah keinen Anlass, in diesen Jubel einzustimmen. Er mochte das zivile Leben und schon während seiner Wehrdienstzeit hatte er den blinden Kadavergehorsam vieler seiner Kameraden regelrecht verabscheut. Es war, als gaben sie mit dem Anlegen der Uniform enthusiastisch das eigene Denken auf, froh, nun endlich nicht mehr selbst Verantwortung übernehmen zu müssen. Seine Gedanken wanderten nach Hause, nach Berlin, wo nun entlang der Spree die Blätter fielen und ihm wurde schwer um das Herz.

Statt sich in voller Kampfmontur in Richtung des Danziger Zentrums zu bewegen, dachte Hans, wäre er jetzt sehr viel lieber allein auf den romantisch wehmütigen Uferwegen der Stadt unterwegs, ohne einen Krieg, der ganz Europa in Aufruhr bringen konnte.

Als ihre Einheit die Stadtgrenzen erreichte, kam auf einmal Leben in die Straßen. Links und rechts der Straße kamen Menschen aus den Häusern gelaufen und jubelten ihnen zu, einige hielten gar Fahnen in den Händen. Nur vereinzelte Einschläge und die blassen, großen Gesichter der Kinder kündeten davon, dass um diese Stadt noch vor wenigen Stunden gekämpft worden war.

»Sieh nur, wie sie sich freuen«, sagte Hans Kamerad Johann zu ihm und wies auf eine Gruppe junger Mädchen, die kichernd hinter einem Gartenzaun standen, und die Soldaten neugierig betrachteten.

»Ich sage dir, das Soldatenleben hat etwas für sich, das werden wir erst noch auszukosten lernen«, frohlockte Johann.

»In erster Linie werden wir auskosten, wie es ist, als Kanonenfutter rausgeschickt zu werden, immerhin sind wir beim Heer und nicht die Marine oder die Luftwaffe«, brummte Hans.

»Aber wir sind die Sieger, Hans, das ändert alles«, entgegnete Johann und zeigte mit dem Finger auf eine Gruppe Männer mit hoch erhobenen Händen, die von vier SS-Männern durch die Stadt getrieben wurden.

»Anders als die.« Er kickte eine Blechdose in die Richtung der Gefangenen, die scheppernd über die Pflastersteine flog und die gefangenen Männer ängstlich zusammenfahren ließ.

»Ja, so ist es recht«, schrie Johann. »Ihr habt auf die falsche Seite gesetzt und nun wird abgerechnet. Abgerechnet!«

»Lass sie«, sagte Hans. »Die Unglückswürmer haben es schwer genug. Man wird sie für alles verantwortlich machen, was seit 1919 in dieser Stadt passiert ist, dabei haben sie ja auch nur versucht, das Beste aus ihrer Situation zu machen.«

»Goerschel, du hast wirklich auch für alles Verständnis«, gab Johann zurück. »Ich glaube, in dir schlummert eine sanfte, weibliche Seele. Wenn ich dich so von der Seite anschaue, fast könntest du ein Fräulein sein.«

»Johann, was sagst du denn da. So schneidig, wie der Hans aussieht, meint man gerade, der schöne Wilhelm aus den UFA-Filmen steht vor uns. Ich wette, es gibt kein Frauenherz von hier bis München, das er nicht zum Erweichen bringen könnte, wenn er wollte.«

Hans zeigte die Zähne zu einem grimmigen Grinsen. Er wusste, dass die groben Scherze der Männer nur dazu dienten, die eigene Angst zu unterdrücken. Keiner von ihnen war je im Krieg gewesen, aber jeder von ihnen hatte einen Vater oder Onkel, der die Schrecken des 1. Weltkriegs hautnah miterlebt hatte, viele von ihnen hatten gar Gliedmaßen oder ihre nervliche Gesundheit in den Schützengräben gelassen und keiner der jungen Männer wollte so enden.

Ein Trupp SS-Männer in glänzend schwarzen Uniformen kamen ihnen entgegen. Eifrig rissen sie die Hände zum Hitlergruß in die Höhe, als sie die Soldaten sahen und schrien: »Die Stadt gehört uns! Danzig ist wieder Deutsch! Der Korridor ist Geschichte.«

Lautes Gegröle von Seiten der Soldaten, die seit dem frühen Morgen in Marsch waren, war die Antwort, doch Hans kam nicht umhin zu denken, dass dies vor allem das Ende des polnischen Staates war, dem nur wenige Jahre auf der politischen Weltbühne vergönnt gewesen waren. Die Männer, die von der SS verhaftet worden waren, schienen durchweg Polen zu sein.

Hans spürte seine Müdigkeit. Außer einer kurzen Pause am Mittag hatten sie keine Zeit zum Rasten gehabt, die Nächte in den Feldbetten waren mehr als kurz gewesen.

Dankbar vernahm er den Befehl zum Rasten und ließ sich auf einen Bordstein sinken, um einen tiefen Schluck aus seiner Feldflasche zu nehmen. Johann setzte sich neben ihm und bot ihm eine Zigarette an.

Immer neue Gruppen von SS-Männern und verhafteten Polen wurde an ihnen vorbei getrieben und am Ende der Straße auf die Ladeflächen von Autos geladen.

Der Rauch brannte in der Lunge und setzte in Hans Gehirn ein angenehmes Gefühl der Entspannung ein. Erst jetzt fühlte er, in welcher Anspannung er seit seinem Einberufungsbefehl unterwegs war. Warum Männer eine solche Leidenschaft für den Krieg entwickelten, war ihm ein Rätsel, er empfand die gesamte Erfahrung als durchweg unangenehm. Marschieren, schwere Waffen, schlechtes Essen, gebellte Befehle und stinkende Männer und dazu noch die Ungewissheit. Wer konnte schon wissen, wann dieser Krieg zu Ende war? Polen sollte zuerst unter eine Militärverwaltung gestellt, dann in das Reich eingegliedert werden. Wie lange würde man Truppen hierhin schicken müssen? Immerhin hatten sie kein Feindfeuer mehr zu fürchten, die letzten Scharmützel hier und anderswo waren geschlagen.

»Ich sage dir«, meinte Johann zwischen zwei Zügen zu ihm, »heute Danzig und morgen Paris. Du wirst schon sehen.«

Dünkirchen, Juni 1940

Schier endlos erstreckte sich der Strand zu beiden Seiten, geteilt nur durch den Brückenkopf, und dazwischen lauter kleine, schwarze Punkte. Menschen, dachte Hans, junge Männer wie er selbst, häufig noch jünger.

Eingeschlossen zwischen ihnen und dem Meer warteten die britischen Truppen nur noch auf ein Wunder. Wieder und wieder jagten Stukas über den Strandabschnitt hinweg unter rissen tiefe Wunden in den Reihen der Männer, die sich jedoch immer wieder aufrafften und in Formation stellten.

»Sture Hurenböcke sind es, diese Briten«, murmelte Johann, der das Treiben durch einen Feldstecher beobachtete. Vor ihnen stand die Feldhaubitze ihrer Batterie, auf den Feind gerichtet, um bei der geringsten Bewegung in ihren Abschnitt zu feuern.

»Auf was warten sie? Ein gottverdammtes Wunder? Dieser Strand wird ihr Ende sein.«

Er reichte Hans den Feldstecher. Dieser blicke ihn hindurch und sah die Männer auf dem Strandabschnitt, die meisten in britischer, manche in französischer Uniform. Sie wirkten müde und abgekämpft, viele konnten sich kaum noch auf den Beinen halten und waren völlig durchnässt, andere wiederum waren mehr tot als lebendig, hinter ihnen der Feind, vor ihnen das Meer, das von Wind und Gezeiten aufgepeitscht wurde.

Auf dem Brückenkopf standen dicht gedrängt die Männer und warteten darauf, in eines der Schiffe einsteigen zu können, die sich ihrerseits unter ständigem Luftbeschuss befanden und seit gestern sogar von U-Booten angegriffen wurden.

»Sie sind verloren«, murmelte Hans. »Die gesamte Nordarmee ist aufgerieben. Es gibt kein Entkommen von hier.«

Johann rieb sich die klammen Hände und zog eine Grimasse. »Es heißt, in Berlin sei man selbst über den schnellen Vorstoß unserer Truppe verwundert gewesen. Wer hätte schon ahnen können, dass es die 2. Panzerdivision innerhalb so kurzer Zeit bis nach Abbeville schaffen würden? Die Briten konnten gar nicht so schnell gucken, wie sie zu beiden Seiten von Feinden umgeben waren. Es blieb nur noch die Küste.«

»Stell dir vor, wir während dort unten«, sagte Hans, während er den Feldstecher wieder und wieder über die braungraue Masse der Soldaten auf dem Küstenabschnitt vor ihnen wandern ließ.

Über ihnen kündete das laute Dröhnen eines Kampffliegers die nächsten Salven auf den Strand an, denen die britischen und französischen Soldaten schutzlos ausgeliefert waren. Das Geschützfeuer mähte die Soldaten regelrecht nieder. Kaum war der Flieger am Horizont verschwunden, drehte er bei und kehrte wieder zurück.

»Was für ein Höllenloch«, bemerkte Hans und ließ den Feldstecher sinken. Ihre Artilleriebatterie hatte sich auf einem der verlassenen Häuser entlang des Küstenstreifens von Dünkirchen niedergelassen, offiziell, um im Zweifel die Infanteristen unten in den Straßen mit Artilleriefeuer unterstützen zu können, doch die Scharmützel in den Straßen waren längst erledigt. Durch die deutschen Linien kam niemand mehr durch, so dass sie sich alle ein wenig Ruhe nach dem langen Marsch gönnen konnten.

Als Teil der Heeresgruppe B, der ehemaligen Heeresgruppe Nord, waren sie in nur 18 Tagen über die Niederlande und Belgien bis zum Ärmelkanal vorgerückt, ohne nennenswerten Feindkontakt zu haben. Die alliierten Truppen waren vom deutschen Vormarsch viel zu überrascht gewesen, nachdem sie trotz Kriegserklärung nach dem deutschen Einmarsch in Polen fast das ganze vergangene Jahr eine Art »Sitzkrieg« mit Deutschland geführt hatten. Nun aber, als Norwegen und vor allem Belgien als realistisches Ziel in Hitlers Visier geraten waren, hatten England und Frankreich beschlossen, zu handeln, viel zu spät, wie jedermann nun unschwer erkennen konnte.

»Die armen Teufel«, stellte Joseph fest, ein breitschädeliger Bauer aus der Eifel, der mit rußverschmiertem Gesicht an der Hauswand hinter ihnen lehnte und mit geschlossenen Augen in die untergehende Sonne blinzelte.

»Die, die da unten sterben, sind sicher nicht die Offiziere und Generäle, die denen das eingebrockt haben«, sagte er und spuckte aus.

Hans nickte.

»Das sind sie nie«, stimmte er zu und schloss ebenfalls die Augen, um die dramatische Szene vor ihm auszublenden. Mit Anbruch des Abends kam eine kühle und zugleich erfrischende Brise auf, die sanft über das Gesicht streichelte, irgendwo in der Nähe kreischten Möwen und wenn er es nicht gewusst hätte, wenn da nicht das unterschwellige Geräusch hunderttausender, um ihr Leben kämpfender Männer wenige hundert Meter von ihnen entfernt gewesen wäre, er hätte sich einzureden vermocht, er sei am Ostsee-Strand.

Rasch riss er die Augen wieder auf. Tagträume halfen ihm nicht. Als der Krieg vor knapp einem Jahr ausgebrochen war, war er davon ausgegangen, dass er zu Weihnachten zurück in Berlin sein würde und nie wieder eine Uniform anlegen musste, doch inzwischen war es Juni und aus dem Polenfeldzug war der Westfeldzug geworden und wenn man den Gerüchten Glauben schenken sollte, würde es auch nach diesem nicht genug sein, sondern wieder Richtung Osten gehen, gegen die Sowjets. Es schien, als sollte er weder Berlin noch die Ostsee für eine lange Zeit wiedersehen, die Heimaturlaube nicht mit eingerechnet. Und was war, wenn sich ihr Kriegsglück wendete? Was, wenn der Vormarsch der deutschen Truppen an irgendeiner Stelle gestoppt und zurückgeschlagen werden würde?

Noch wollte niemand über die eigenen Toten dieses Krieges reden, gefeiert wurden nur die der anderen. Doch wie lange konnte so ein Siegeszug anhalten? Würde der Rest der Welt zusehen, wie Hitler sich ganz Europa untertan machte? Hans bezweifelte es und beim Gedanken daran überfiel ihn eine kalte, ahnende Furcht. Die Chancen, dass dieser Krieg am Ende alles verändern würde, was er liebte, Berlin, die Ostsee, Deutschland, standen hoch, auch wenn er es nicht wagen würde, diese Gedanken laut auszusprechen, kamen sie doch dem Vaterlandsverrat sehr nahe.

Er hasste den Krieg. Er hasste dessen Sinnlosigkeit. Menschen schossen im Auftrag von Menschen auf wieder andere Menschen und am Ende entschied das darüber, wer wo das

Sagen hatte. Er hasste die Märsche, die Feldlager, er hasste das Gewicht der Waffen, er hasste die Männerwitze und er sehnte sich nach einer guten Zigarette, Champagner und weiblicher Begleitung, nach dem Geruch von Benzin in der Nase, während er mit seinem Auto über die Landstraßen fuhr, und er vermisste die glitzernden Hauptstadtlichter. Der alte Spruch, dass man erst zu schätzen wusste, was man hatte, wenn man es nicht mehr besaß, kam ihm in den Sinn und nie war er ihm so wahr erschienen, wie in jenem Augenblick.

»Was werdet ihr tun, wenn das hier vorbei ist?«, fragte er Johann und Joseph. Johann lachte laut.

»Heiraten«, erklärte er. »Zu Hause wartet mein Mädchen auf mich, die Katharina, das ist eine Frau, das sage ich dir. Kinder werde ich mit ihr bekommen, eines nach dem anderen.«

Joseph grunzte unwillig.

»Den Hof übernehmen«, antwortete er schließlich. »Meine Eltern sind alt.«

»Was wirst du tun, Hans?«, wollte Johann wissen.

Hans schloss kurz die Augen, dann öffnete er sie wieder.

»Tanzen«, sagte er. »Autofahren, mir den Fahrtwind ins Gesicht blasen lassen, Tanzen und meine Freiheit genießen, bis es mir alles zum Halse heraushängt und ich vom Frieden so genug habe, wie von diesem Krieg.«

Stalingrad, Dezember 1942

Eisig zog der Wind von der Wolga über die Stadt. Hans blies in seine blaugefrorenen Finger, in denen er längst jedes Gefühl verloren hatte, während er in ihrer Stellung auf und abmarschierte.

Nach Dünkirchen, dessen absolute Niederlage die Briten durch die Operation Dynamo in überraschender Weise abgewendet hatten, in dem sie Teile ihrer Truppen sogar mit englischen Fischerbooten zurück über den Kanal gebracht hatten, und der sich anschließenden Luftschlacht um England hatte Hitler den Beginn des Unternehmens Barbarossa befohlen und aus der Heeresgruppe B, der ihre Artilleriedivision angehörte, war die Heeresgruppe Mitte geworden.

Hans hatte Berlin zuletzt im Fronturlaub Ostern 1941 gesehen und war irritiert darüber gewesen, wie scheinbar unbeschwert das Leben in Berlin weiterging, ganz so, als tobte nicht im übrigen Europa der Krieg. Seit dem Sommer 1942 wurden die britischen Bomber von amerikanischen unterstützt und warfen Nacht für Nacht ihre tödliche Fracht über deutschen Städten und Industriezentren ab, häufig noch zielungenau, doch jeder wusste, dass flächendeckende Bombardements nur eine Frage der Zeit waren, vor allem seit deutsche Bomber London in Angst und Schrecken versetzt hatten und dann würde auch Berlin nicht länger verschont werden.

Doch Berlin, Deutschland und die Bomben waren weit weg, unerreichbar weit weg. Für ihn und die anderen Männer. Hier gab es nur den Winter, den Schnee, die Kälte und das Warten.

Hitler war davon ausgegangen, dass die sowjetischen Truppen bereits durch die Kämpfe des vergangenen Winters erschöpft waren, doch dies war eine Fehleinschätzung. Russlands Nachschub an jungen, kriegsbereiten Männern war viel größer als gedacht. Trotzdem war Hitler mit großer Flanke nach Osten vorgerückt, unterstützt von rumänischen Truppen. Erst im August war es der Heeresgruppe gelungen, den Don zu überschreiten, nachdem sie in der Kesselschlacht von Don viele Verluste erlitten hatte. Trotzdem waren sie weiter marschiert, immer weiter nach Südosten, immer tiefer in dieses riesige, fremde Russland hinein und nun hatten sowjetische Truppen sie in Stalingrad eingekesselt. Stalingrad war eine wichtige Industriestadt mit Hafen an der Wolga und der Führer hatte den Befehl gegeben, die Stadt in jedem Fall zu halten.

Anfangs hatten sie noch auf Verstärkung gehofft, doch je mehr Tage und Wochen vergingen, umso deutlicher wurde den eingekesselten deutschen Soldaten in Stalingrad, dass diese Verstärkung niemals kommen würde, dafür aber der russische Winter seine tödliche Kraft erst entwickelte und sich als stärkster Verbündeter der sowjetischen Truppen erwies. Stalin selbst hatte den Befehl gegeben, Stalingrad zu halten und es schien, als wolle ihm Väterchen Frost dabei beistehen. Nur gegen den erbitterten Widerstand der russischen Truppen und einen hohen Blutzoll war es Hitlers 6. Armee, nach vielen vorbereitenden Luftangriffen, überhaupt gelungen, die Stadt einzunehmen, nur um dann festzustellen, dass sie in eine Falle gelaufen waren.

Die Russen kämpften mit einer fast übermenschlichen Entschlossenheit um die Stadt, es hieß, Stalin lasse jede sofort erschießen, der auch mangelnde Kampfbereitschaft auch nur erahnen ließ.

Hitler selbst hatte bereits den Sieg in Stalingrad verkündet, doch kurz darauf, hatten die russischen Truppen die Stadt nicht nur eingeschlossen, sondern auch erfolgreich einen Ausbruchversuch verhindert und flankierende deutsche Truppen zurückdrängen können. Jetzt brauchten sie nichts anderes mehr zu tun, als darauf zu warten, dass entweder der Hunger oder die Kälte ihre Aufgabe übernahm und die Deutschen keine Kraft mehr zu einem weiteren Ausbruchsversuch hatten. Dann würde die Stadt wieder in russische Hand fallen, was nach Hans Einschätzung und der vieler anderer nur noch eine Frage der Zeit sein konnte.

Hans dachte kurz darüber nach, welcher Tod der schlimmere war, konnte sich aber nicht entscheiden. Der Hunger schien ihn von innen heraus auszuhöhlen, während die Kälte seine Gedanken lähmte. Gestern waren die Essensrationen pro Mann auf nur 100 Gramm rationiert worden. Hans Batterie war Teil einer Stellungssicherung der 6. Armee, die sich seit dem gescheiterten Versuch des Unternehmens Wintergewitter durch die Heeresgruppe Don, bei der man die Deutschen aus dem

Würgegriff der Russen hatte befreien wollen, nicht mehr verändert hatte. Vier Wochen war das nun her, seither befand sich die 4. Panzerdivision auf dem Rückzug und der Kessel von Stalingrad wurde nur noch unzureichend aus der Luft versorgt, die Moral in der Truppe sank.

Hans beendete seinen Rundgang, als er auf Johannes stieß, der ein Flugblatt in der Hand hielt, das Gesicht tief hinter einem Schal verborgen.

»Sie sagen, es gibt keine Hoffnung«, flüsterte er. »Niemand wird kommen und uns helfen.« Seine Stimme war schwach, die Augen rot gerändert und sein Atem roch nach Ammoniak. Hans klopfte ihm auf die Schulter.

»Wir werden es hier rausschaffen. Sie planen den nächsten Ausbruchsversuch bereits, der Führer muss nur noch sein Einverständnis geben. Neujahr sind wir wieder zu Hause.«

Johanns Blick flackerte, etwas Neues, Hans Unbekanntes lag darin, das ihm Angst machte. Hunger, Angst und Kälte trieben die Männer in den Wahnsinn, das war unverkennbar, ganz so, als sei der Feind nicht nur dort draußen, vor den Toren der Stadt, sondern auch hier, mitten unter ihnen, in ihren Herzen und Köpfen.

»Weißt du, welcher Tag heute ist?«, fragte Johann. Hans nickte. »Heute ist Heiligabend.« Johann hob den Blick und sah in den Himmel, in dem Schneeflocken tanzten.

Seine Stimme war rau und brüchig, als er anhob und »Stille Nacht, Heilige Nacht« zu singen begann, erst noch unsicher, dann immer lauter und klarer, über die vereisten Stellungen hinweg und erst glaubte Hans, er täusche sich, doch dann hörte er, wie das Lied von einer Kehle nach der anderen aufgegriffen und mitgesungen wurde, laut und deutlich und der eisigen russischen Winternacht zum Trotz. »Sie werden kommen«, flüsterte Hans, mehr zu sich selbst als zu dem nun lauthals singenden Johann.

»Sie werden uns hier rausholen. Rechtzeitig.«

Mit seinen Worten versuchte er vor allem, sich selbst zu Mut zu machen, doch es gelang ihm nicht. Dann schloss er die Augen und lauschte dem vertrauten Klang des Weihnachtslieds, in dem er trotz aller Not ein kurzes Gefühl von Trost fand.

Stalingrad, Januar 1943

Wenn es eine Hölle gab, so hatte Hans stets gedacht, diese sei heiß, ganz so, wie es in christlichen Erzählungen beschrieben wurde, heiße Höllenfeuer, in denen die Sünder für ihre Taten büßten, doch nun wusste er, dass die Hölle aus Eis UND Feuer gemacht war.

Er und seine Männer versuchten, sich bis auf den Behelfsflugplatz Gumrak zurückzuziehen, zurückweichend vor den näher kommenden sowjetischen Truppen. Bitterkalt war es, der Hunger längst zu einem Dämon geworden, der den Männern die Seele raubte und die Befehlsgewalt über die Stadt war verloren.

Tausende von Männern waren in den vergangenen Tagen seit Jahreswechsel gestorben, Hans selbst war durch den Tod seines Oberleutnants nun in dessen Rang aufgerückt.

Jeder Mann, der sich noch auf den Beinen halten konnte, versuchte, bis nach Gumrak zu kommen, wo die Versorgungsflugzeuge landeten und es eine Chance gab, der Hölle von Stalingrad zu entkommen.

Überall waren Kanonen, Gewehrschüsse, oben und unten lösten sich auf, Norden, Süden, Westen, alles war nur noch Krieg und Feuer. Hans wusste nicht, wann er das letzte Mal geschlafen oder etwas gegessen hatte, die Gesichter seiner Männer hatten sich in hohlwangige, bärtige Gespenster verwandelt.

»Da vorne ist es«, schrie Johann. »Ich kann den Flugplatz sehen.« Alle Köpfe flogen herum, trotz des Geschützfeuers um sie herum hatten alle seinen Ruf gehört. Vor ihnen machte sich gerade ein Flugzeug zum Abtransport von Verwundeten bereit, die Rettung aus diesem Ort war greifbar nahe.

Hans Wahrnehmung wurde auf einmal ganz scharf, wie bei einem Objektiv, an dem jemand drehte und er konnte sehen, wie das Flackern wieder in Johanns Augen trat.

»Nein«, schrie er, doch es war zu spät. Er sah, wie Johann sein Gewehr von sich schleuderte und ohne nachzudenken, auf den

Flugplatz zurannte, Angst und Hoffnung verliehen seinen erschöpften Beinen neue Kraft.

»Stehenbleiben!«, war durch einen Lautsprecher zu hören, die bellende Stimme dröhnte in Hans vom Hunger überreizten Kopf, doch Johann blieb nicht stehen, er rannte und rannte immer weiter.

Schüsse fielen und erst dachte Hans, die ihnen nachsetzenden sowjetischen Truppen hätten sie eingeholt, doch dann bemerkte er, dass es die Soldaten längs der provisorischen Landebahn waren, die auf Johann und einige weitere Männer schossen, die mit dem Mut der Verzweiflung versuchten, das abhebende Flugzeug noch zu erreichen. Einer von ihnen wurde mitten im Lauf getroffen, die Wucht der Gewehrkugel ließ ihn sich überschlagen, doch Johann bemerkte es nicht, er hörte und sah nichts mehr außer dem Flugzeug.

Wie in Trance beobachtete Hans, wie Johann sich dem bereits rollenden Flugzeug von hinten näherte und die Einstiegsluke anvisierte. Hinter ihm rannten weitere Männer, sie alle versuchten, das Flugzeug noch zu erreichen. Er und einige andere hingen sich an die Träger und der Pilot versuchte tatsächlich, die Maschine zu starten. Sie hob erst einige Meter, dann immer weiter vom Boden ab und als Hans sah, wie die Träger wackelten, dachte er erst, die Maschine gerate durch das zusätzliche Gewicht in das Wanken.

»Der schüttelt sie ab wie reifes Obst«, sagte Joseph da neben ihm, die Augen tief in den Höhlen liegend, die Haut wie

Pergament über die Gesichtsknochen gespannt und Hans erkannte, dass er Recht hatte.

Höher und immer höher flog das Flugzeug und die an ihm hängenden, verzweifelten Männer stürzten vom Himmel zurück in die Hölle, ein Anblick apokalyptischen Ausmaßes.

Ein Hans inzwischen vertrauter Mechanismus setzte ein, der seinem vor Angst, Hunger und Schlafentzug fast wahnsinnigem Hirn vorgaukelte, das alles hier geschähe nicht wirklich, es sei ein Film, ein Schauspiel, ein Traum, aus dem er nur erwachen musste.

Langsam leckte er sich über die rauen, von der Kälte aufgeplatzten Lippen und starrte dem immer kleiner werdenden Flugzeug nach.

Im nächsten Moment versank die Welt in Schmerz, Blut und einem neuer Feuer, das direkt in seinen Eingeweiden zu toben schien.

Als Hans aufwachte, war es dunkel, nur ein blassrosa Lichtstreifen am Horizont kündete bereits den nächsten Tag an.

Das Gefechtsfeuer war in einige Ferne gerückt, rot glühten die zerstörten Häuserfassaden um ihn herum auf. Für einen Augenblick war er sich nicht sicher, ob er bereits tot war, doch als er die kalte Luft in der Kehle schmeckte, wusste er, dass er noch lebte. Doch etwas stimmte nicht. Etwas mit seinem Körper war nicht in Ordnung. Es fühlte sich an, als hätte ihn ein glühendes Schwert mitten entzwei geschnitten.

Hans sah an sich hinunter, konnte aber wegen der Dunkelheit nichts erkennen. Er streifte sich einen Handschuh ab und spürte warmes, klebriges Blut an seinem Bauch, das einen unguten Geruch verströmte. Er war getroffen, eine Bauchverletzung, und er konnte nicht sehen, wie schlimm es war.

Seine Männer waren verschwunden, sie hatten ihn am Rand des Flugplatzes abgelegt. Als er den Kopf hob, konnte er schemenhaft erkennen, dass um ihn herum viele weitere Männer lagen, doch keiner von ihnen atmete. Erst knapp zweihundert Meter weit entfernt konnte er Männer stöhnen hören.

Sein Verstand arbeitete mit quälender Langsamkeit. Er wusste, dass das etwas bedeutete, etwas Wichtiges, und dass er handeln musste, jetzt, sofort. Zwei Männer tauchten aus der Dunkelheit auf und gingen an ihm vorüber. Er streckte die Hand aus.

»Hilfe«, krächzte er, seine Kehle trocken wie Staub. Jede Kraft war aus seiner Stimme gewichen. »Helft mir!«

»Sieh mal, da bewegt sich noch etwas«, hörte er einen der Männer sagen und eine Welle der Erleichterung durchflutete ihn. »Schere dich nicht drum«, sagte der andere. »Der Stabsarzt ist hier durchgegangen. Wir nehmen nur die mit, für die es noch eine Chance gibt. Für den hier kommt jede Hilfe zu spät.« Die beiden gingen weiter und Hans spürte, wie Verzweiflung in ihm aufbrandete, die er nur mit Not niederkämpfen konnte.

Er musste aufstehen, er musste diesen Platz verlassen, sonst war er dem Tode geweiht. Wie um ihn zu verhöhnen, erklang von jenseits der Landebahn jenes Lied, mit dem die russischen Truppen seit Tagen versuchten, die deutschen Männer mürbe zu machen: Die klagenden Töne des Todestangos, über die in mörserhaftem Stakkato die Worte »Alle sieben Sekunden stirbt ein deutscher Soldat. Stalingrad – Massengrab« gelegt worden waren.

Hans biss die Zähne zusammen. Jede Bewegung jagte Wellen ungekannten Schmerzes durch seinen Körper und mehr als einmal drohte er, das Bewusstsein zu verlieren, doch nach einer Weile, die ihm wie eine Ewigkeit vorkam, hatte er es geschafft, sich auf die Füße zu kämpfen und wankte vorbei an den bereits kalten Toten um ihn herum zum Bereich der Lebenden.

Von Ferne her war ein neues Lied zu hören, ein Schlager, den Hans nur allzugut kannte, in seinem fröhlichen Klang nicht weniger verstörend als die vorherige Todesreigenmusik: »In der Heimat, in der Heimat, da gibt's ein Wiedersehn!«

5.

Breslau, 20. Januar 1945

Grau war der Morgen, einige Tage nach der Abreise von Irmgard und Anna, als Albert Siedow von Lautsprecherdurchsagen geweckt wurde:

»Achtung! Achtung! Bürger der Festung Breslau! Der Reichsverteidigungskommissar und Gauleiter von Schlesien gibt bekannt: Breslau wird ortsgruppenweise evakuiert. Es besteht kein Grund zur Aufregung oder zur Panik. Frauen und Kinder verlassen zuerst die Stadt. Kleines Handgepäck ist mitzuführen. Frauen mit Kleinkindern sorgen für Spirituskocher; Kochstellen und Milchausgabestellen richtet die NSV ein. Nähere Anweisungen erteilen die einzelnen Ortsgruppen...« (2)

Langsam erhob sich Albert und streckte die von der Kälte steifen Glieder. Eisblumen rankten an den Fenstern und sein Atem stand ihm in dicken Wolken vor dem Gesicht. Es musste viele Grade unter Null sein. Er trat an das Fenster, um zu sehen, was dort vor sich ging. Seit Tagen waren beunruhigende Gerüchte über das Näherrücken der russischen Truppen zu vernehmen, nun schien es, als wollte man die Stadt in letzter Sekunde evakuieren.

Frauen und Kinder hetzten mit wehenden Mänteln die Straßen hinab, sie hielten Koffer in der Hand, schoben Kinderwägen vor sich oder Leiterwägen hinter sich her. Panik war in ihren Gesichtern zu lesen, laute Rufe waren zu hören.

»Sie schicken sie hinaus in den Tod«, murmelte Albert fassungslos. Wie sollten Frauen und Kinder bei diesem Wetter zu Fuß vor den heranrückenden Russen fliehen? Das war ein Todeskommando.

Seine Gedanken wanderten zu seiner Frau und seiner Tochter, von denen er zuletzt aus Bad Polzin einen Brief erhalten hatte, dass sie wohlbehalten dort angekommen waren und es ihnen gut ging.

Bad Polzin, 10. Januar 1945

Lieber Vater,

seit zwei Tagen sind wir nun hier in Bad Polzin und es geht uns recht gut. Das Essen ist reichlich, wir haben sogar ein eigenes Zimmer bekommen. Mama kommt aus dem Schwärmen über das schöne Landleben gar nicht mehr heraus, du kennst ihre Liebe zu ihrer Heimat ja. Verwunschen ist es hier, fast ein wenig, wie aus der Zeit gefallen. Und sie reden alle so seltsam, das ist der Dialekt! Alle haben uns freundlich aufgenommen, die bösen Nachrichten und das Grollen des Krieges sind jetzt nicht mehr so nah, obwohl unsere Gedanken Tag und Nacht bei dir sind. Wann wirst du Breslau verlassen? Geht es dir gut? Ich soll dich von Mutter fragen, wie du dich versorgst, jetzt, wo sie nicht mehr da ist. Gibt es alle Tage kalte Küche bei dir? Ich soll dich daran erinnern, auch ja regelmäßig zu essen, es gibt genug Eingemachtes.

Wir wissen nicht, wie lange wir hier noch bleiben können. Der Krieg kommt immer näher und es sammeln sich jetzt jeden Tag immer mehr Trecks, die in Richtung Westen ziehen. Wir zögern noch, uns ihnen anzuschließen, doch irgendwann wird es wohl ganz schnell gehen.

Wenn der Kontakt zwischen uns abreißt, lieber Vater, dann warten wir auf dich in Konstanz am Bodensee, auf jenen fernen, herbeigesehnten Moment, wenn wir alle wieder zusammen sind und dieser Krieg nur noch eine Erinnerung ist.

In Liebe,
Deine Tochter Irmgard

Albert bewahrte diesen Brief in seiner Jackentasche auf, dicht bei seinem Herzen, so dass er ihn stets daran erinnerte, dass seine Familie noch am Leben war und sie wieder zueinanderfinden würden. Wann, das war die Frage.

Das Chaos unten auf den Straßen nahm zu. Die Kinder weinten, die Frauen versuchten, verzweifelten Mut zu demonstrieren. Was blieb ihnen auch anderes übrig?

Mit klammen Fingern entzündete Albert den Ofen und schaltete das Radio ein. Mit knarrender Stimme wurde dort erklärt, dass alle kriegstauglichen Männer in der Stadt zu verbleiben hatten. Auch der Ruf aus den Lautsprechern draußen vor dem Fenster veränderte sich, wurde mahnender, dringlicher: »Frauen und Kinder verlassen sofort die Stadt!«

Im vergangenen September bereits war General Johannes Krause als Festungskommandant nach Breslau gekommen. Seiner Einschätzung nach sollte die Stadt durch Schanzenringe vor einem heranrückenden Feind verteidigt werden.

Zwangsarbeiter aus Polen, halbverhungerte Gestalten, hatten seither entlang Trebnitz, Oels, Obau und Kanth einen solchen Ring erbaut, der sich nun aber als völlig wirkungslos erwies.

Seither hatte man jeden Mann, der nur irgendwie kriegsdiensttauglich war, eingezogen. Russische Flugblätter spotteten, dass sogar Kindergartenkinder nun zum Dienst an die Waffe gerufen würden.

Von Hermann wusste Albert, dass die Stadt auf dem Papier bestens gerüstet war. 30.000 Mann in regulären Truppen waren in Breslau stationiert, darunter zwei Fallschirmjägerbataillone, hinzu kamen, so Hermann, rund 100.000 kriegstaugliche Zivilisten. Wieder und wieder hatte Hermann ihm versichert, dass die Stadt bestens auf den Ernstfall vorbereitet sei.

Albert kämmte und wusch sich und machte sich auf den Weg in die Post, obwohl ihm das angesichts des Chaos zunehmend sinnlos erschien.

Wehrmachtssoldaten und SS-Männer rannten in Trupps durch die Stadt, brüllten sich gegenseitig Befehle zu und bewegten Kriegsgerät durch die Stadt. Wie nah war der Feind wirklich? Albert kämpfte seine Ängste nieder. Er durfte die Stadt nicht verlassen, also war es am besten, das zu tun, was seine Aufgabe war.

Auf dem Weg zur Universität kamen ihm große Gruppen von Studenten entgegen, unter ihnen auch einige der Professoren. »Was ist los?«, fragte er einen von ihnen. »Die Universität wird aufgelöst. Wer kämpfen kann, soll zu den Waffen, wer nicht mehr kann, soll fliehen.«

Albert blieb stehen und starrte sie ungläubig an. Am Postamt angelangt, erlebte er eine weitere Überraschung. Zwei SS-Männer stellten sich ihm in den Weg.

»Alle Ämter und Institutionen sind geschlossen. Melden Sie sich als waffenfähig bei ihrem Ortsverband!« Albert schluckte, beschloss aber dann, sich nicht einschüchtern zu lassen. »Ich bin Beamter«, gab er zurück. Sein Gegenüber lachte und zeigte dabei eine Reihe nikotingelber Zähne.

»Wenn du eine Waffe halten kannst, bist du ein Soldat. Alle anderen Beamten werden morgen noch mit einem Zug aus der Stadt gebracht, aber du siehst deutlich noch zu jung aus, um nicht mehr kämpfen zu können.« Er lachte abfällig und wandte sich um.

Albert stand einige Sekunden da und war unfähig, sich zu bewegen. Was bedeutete das? Er war eingesperrt in dieser zum Untergang verurteilten Stadt? Es gab keinen Postverkehr mehr? Wie aber sollte er dann Irmgard und Anna erreichen, ihnen sagen, dass er sich verspäten würde, dass er erst diese Sache hier... mitten in diesen Gedanken hielt er inne. Er straffte seine Schultern und hob den Blick zum Himmel, an dem sich tiefgraue Schneewolken tummelten.

»Nein«, sagte er leise. »Ich sterbe nicht in dieser Stadt und nicht für diesen Führer.« Mit diesen Worten ging er nach Hause, um in seinen Büchern nach dem besten Weg nach Konstanz nachzuforschen. Züge würde es keine mehr geben, also würde er zu Fuß gehen. Alles, was er bis dahin schaffen musste, war nicht zu sterben.

Breslau, 21. Januar 1945

Schon früh am Morgen hatte es Albert nicht mehr in der Wohnung ausgehalten und war auf die Straße gegangen, in der Hoffnung etwas zu erfahren. Frost hatte die Straßen wie dünne Zuckerschicht überzogen, die Kälte kniff in Ohren, Finger und Nasen, während Albert die Straße hinunterging. Männer kamen ihm entgegen, die einen Wagen zogen, etwas an der Art, wie sie wortlos vor sich hin schritten, erinnerte Albert an Sargträger und neugierig versuchte er, herauszufinden, was auf dem Wagen lag. Schon einen Wimpernschlag später bereute er es.

Ein Kinderbein, blaugefroren, ragte unter der Abdeckung hervor. Albert wich zurück. Einer der Männer bemerkte es und sagte mit versteinertem Gesicht: »Das sind die Kinder von heute Nacht. Sie haben es keine zwei Kilometer weit aus der Stadt geschafft.«

Aus der entgegengesetzten Richtung kommend sah er Gruppen von Männern, unter ihnen auch noch einige Frauen und Kinder, die mit leerem Blick durch die verschneiten Straßen stapften. Albert nahm an, dass sie aus den evakuierten Vierteln im Süden und Südosten stammten, weil es hieß, dass die Sowjets dort zuerst zuschlagen würden. Sowjetische Truppen hatten gestern bei Namslau die Grenze nach Niederschlesien überschritten, auch dem Letzten musste nun klar sein, dass Breslau ihr nächstes Ziel war. Für die Vertriebenen, die ihm entgegen schwankten, kam diese Erkenntnis zu spät. Sie waren knapp mit dem Leben davongekommen. Erst als er näherkam, sah er, dass viele der Frauen verletzt waren, blutende Kopfwunden, blaugeschlagene Augen. Er musste nicht fragen, was mit ihnen geschehen waren. Sie waren die Ersten, die den vorrückenden russischen Soldaten zum Opfer gefallen waren. Einige von ihnen weinten, die Augen in Scham abgewendet.

Albert machte auf dem Absatz kehrt und ging zu seiner Wohnung zurück. Für heute war das mehr, als er ertragen konnte.

Breslau, 28. Januar 1945

Die Stadt trieb in einem Strudel aus hektischer Betriebsamkeit und bangem Warten auf den Feind dahin. Die Nächte wurden durch anhaltendes Artilleriefeuer im Süden erhellt, die Einschläge ließen die Fensterscheiben vibrieren und die Hauswände zittern. Widersprüchliche Nachrichten erreichten die Stadt, Bromberg in Ostpreußen war an russische Truppen gefallen, abziehende deutsche Soldaten sprengten das Denkmal für die gefallenen Soldaten des 1. Weltkriegs in Tannenberg. Warschau war bereits Mitte Januar von russischen Truppen erobert und damit die Verbindung zwischen Reich und

Ostpreußen unterbunden worden. Grausige Nachrichten machten die Runde, nachdem die russischen Truppen im polnischen Schlesien auf riesige Lager voll lebender Toter getroffen seien, Vernichtungslager der Nationalsozialisten, so groß und grauenvoll, als habe die Hölle selbst ihre Tore geöffnet.

Die Russen, so erzählte man mit schreckgeweiteten Augen, machten keine Gefangenen. Der zivile Bahnverkehr war aufgrund der anhaltenden Luftangriffe endgültig eingestellt worden.

Im Westen hatte die Ardennenoffensive den Vormarsch britischer, englischer und amerikanischer Soldaten nicht aufhalten können, Aachen, Trier und die Eifel waren bereits besetzt.

Die Führung in Breslau wollte all das nicht wahrhaben. Es gab Gerüchte über Konflikte zwischen dem Generalkommandanten Krause und Gauleiter Hanke, es war abzusehen, dass Krause diesen Kampf verlieren würde. Mit der so vollmundig behaupteten Wehrhaftigkeit Breslaus war es nicht weit, Albert hatte gehört, dass man an den Ausgängen der Stadt Barrikaden aus Straßenbahnwaggons und Grabsteinen aufgebaut hatte.

Die Stadt schien alle Extreme in sich zu vereinen: Bombardierung und Angst vor dem Einmarsch auf der einen Seite, auf der anderen Seite das ganz normale Alltagsleben. Straßenbahnen verkehrten, die Menschen besuchten Museen und Cafés. Ihm erschien das wie der Tanz auf einem Vulkan. Der Feind stand vor den Toren und die Menschen in der Stadt feierten noch, während sie doch längst alle dem Untergang geweiht waren. Durch das heimliche Hören der britischen BBC wusste Albert sehr genau, wie schlecht es um die deutschen Verteidigungslinien in Ost und West bestellt war. Überall war man auf dem Rückzug, die alliierten Truppen nahmen die Wehrmacht und die übrigen Verbände von gleich mehreren Seiten in die Zange.

Er selbst verließ die Wohnung inzwischen kaum noch. Annas Vorräte genügten ihn und die Lage auf den Straßen war viel zu unsicher. Unruhe ließ ihn in der Wohnung auf und ablaufen und in der Nacht keinen Schlaf finden. Das Warten war das Schlimmste.

Die Brücke rund um Breslau wurden gesprengt, jüngst die Eisenbahnbrücke in Großbrücken, und dennoch deutete alles daraufhin, dass die Einkesselung der Stadt nicht länger verhindert werden konnte.

Albert versuchte, sich abzulenken, mit Büchern, mit Musik, doch es gelang ihm nicht. Noch hatte niemand von ihm verlangt, sich den Wehrmaßnahmen anzuschließen, doch er ging nicht so weit zu hoffen, dass man ihn einfach vergessen hatte.

Es war Mittag, als seine Befürchtungen wahr wurden. Zwei uniformierte Männer, beide noch keine 18, donnerten an seine Tür und forderten ihn auf, mit ihnen zu einer der Sammelstellen zu kommen, an denen sich die Männer für das Volkssturmaufgebot sammelten. Stumm folgte er ihnen zur nahegelegenen Sammelstelle.

An einer Mauer waren zwei Jungen damit beschäftigt, ein Plakat anzubringen. Albert konnte nicht alles entziffern, was darauf stand, erblasste aber, als er verstand, dass man den stellvertretenden Gauleiter Wolfgang Spielhagen am Morgen standrechtlich erschossen und seine Leiche zur Warnung in die Oder geworfen hatte. Spielhagen habe sich aus der Stadt davonmachen wollen, und in Berlin um einen neuen Posten gebeten.

Spielhagen wollte ohne Befehl die Festung und sein Amt feige verlassen. Wer den Tod in Ehren fürchtet, stirbt ihn in Schande, las Albert, gezeichnet durch Gauleiter Hanke.

Einer der beiden Männer, die ihn geholt hatten, bemerkte, was in ihm vorging und verpasste ihm einen derben Stoß, der Albert vorwärtstaumeln ließ.

»Drückeberger werden standrechtlich und sofort erschossen, merke dir das, alter Mann«, sagte er und richtete den Lauf seines Gewehres auf Albert, so als wolle er im nächsten Augenblick abdrücken. Albert schloss die Augen und ging weiter.

Die Männer brachten ihn zum Schlossplatz, wo bereits mehrere hundert Zivilisten warteten. Einige von ihnen hielten Spitzhacken in der Hand, andere Schaufeln. Jemand drückte Albert eine Schaufel in die Hand. Albert sah sich um.

»Was sollen wir tun?«, fragte er einen Mann neben sich, ein untersetzter, blasser Mann mit Brille.

»Arbeiten«, blaffte da ein Mann in schwarzer SS-Uniform, ohne sich zu ihm umzudrehen.

»Der Führer hat Befehl gegeben, mehrere Barrikadenringe zu errichten. Das Vordringen des Iwans muss in jedem Fall aufgehalten werden.«

Albert erkannte die Stimme, noch bevor sich der Sprecher umwandte. Hermann und er sahen sich an, für einen Moment schien es fast, als wollte Hermann nicht zugeben, dass er ihn erkannte, entschied sich dann aber dagegen.

»Albert«, rief er überrascht. »Du bist noch in der Stadt?« Köpfe wandten sich, andere sahen zu ihnen herüber oder verfolgten das Gespräch.

»Natürlich bin ich noch hier«, erkläre Albert, der das Schicksal Spielhagens allzudeutlich vor Augen hatte.

»Ich erfülle meine Pflicht.« Schon fürchtete er, die Ironie in seinen Worten sei zu deutlich gewesen, doch Hermann stapfte zu ihm herüber und klopfte ihm freundschaftlich auf die Schulter.

»Das ist wahre Vaterlandsliebe, Albert, solche wie wir, die wurden im Feuer des Kriegs geschmiedet, uns wirft nichts um. Schau dir die Schwächlinge an!« Er wies mit dem Kinn auf eine Gruppe Jungen, Kinder noch fast, die nur mit Mühe ihre Tränen unterdrücken konnten.

»Aber keine Sorge, Albert. Die Festung Breslau wird Helden aus uns allen machen. Aus uns allen.«

Breslau, 15. Februar 1945

Ende Januar überquerten russische Panzer die zugefrorene Oder. In Breslau wurde die innerstädtische Evakuierung angeordnet, erst im Osten, dann im Süden. Die Betroffenen irrten mit ihrer Habe durch die Stadt. Als sich der Belagerungsring endgültig schloss und russische Verbände von Süden her in die äußeren Teile der Stadt eindrangen, war es beinahe wie eine Erleichterung. Endlich war eingetreten, was sie seit fast vier

Wochen, seit dem Beginn der russischen Offensive jenseits der Weichsel befürchteten.

Die Stimmung in der Stadt war in den Tagen zuvor immer beklemmender geworden. Generalkommandant Krause war abgetreten, sein Nachfolger war General Hans von Ahlfen, der die Stadt mit ständigen Befehlen, die Verteidigung unbedingt zu halten, unablässig beschallte. Standrechtliche Erschießungen von Zivilisten ereigneten sich beinahe täglich, Albert war bereits mehrfach Zeuge solcher Ereignisse geworden. Andere brachten sich einfach um, sie blieben tot in ihren Wohnungen oder auf der Straße liegen. Niemand scherte sich um die Toten. Die Stadt war wahlweise ein Schlacht- oder ein Trümmerfeld.

Allerorten starben sie nun immer schneller. Das Abräumen des Schutts bedeutete so schwere Arbeit, dass viele darunter an Entkräftung starben. Nur zentimeterweise kamen sie voran. Bürgersteige und andere Hindernisse mussten nur mit der Spitzhacke überwunden werden, größere Bauten wie Mauern wurden gesprengt. In Alberts Ohren fiepte es dank der ständigen Detonationen unablässig, doch er schreckte nicht mehr zusammen, wenn in der Nähe etwas explodierte. Stumm starrte er nur auf den Abschnitt vor sich, den er mit Spitzhacke und Schaufel bearbeitete. In den ersten Tagen hatte sein Rücken noch geschmerzt, die Blasen an den Händen waren blutig geworden, doch nun, nur zwei Wochen und zugleich eine halbe Ewigkeit später, spürte er davon nichts mehr. Er hatte nur ein Ziel: am Leben bleiben. Er musste das hier, den ganzen Irrsinn zwischen Krieg, Leben und Tod überleben, um bis nach Konstanz zu kommen. Er durfte Irmgard nicht enttäuschen. Sie wartete auf ihn, das wusste er. Nicht eine Sekunde zweifelte er daran, dass es ihr und Anna gut ging, Irmgard hatte einen Schutzengel, das wusste er. Sie würde es schaffen, sie war nicht dazu bestimmt, in einem Krieg wie diesem zu sterben.

Was ihn selbst anging, war er sich da nicht mehr so sicher.

Stärkere, jüngere und gesündere Männer als er starben rings um ihn. Längst war auch das Essen knapp. Die schwere, körperliche Arbeit setzte ihnen allen zu.

Endlos waren die Stunden, von morgens früh bis abends spät schufteten die Männer, streng bewacht durch SS-Männer. Hermann bekam Albert nur noch selten zu Gesicht, er ahnte, dass sich sein alter Freund von ihm fernhielt. Wenn Albert am Abend nach Hause kam, war er zu müde, seine Kleider auszuziehen, und warf sich, staubig, wie er war, auf das Bett, nur um am nächsten Morgen noch immer erschöpft, zurück an die Arbeit zu gehen.

Auf einmal ließ eine gewaltige Detonation sie alle zusammenfahren. Albert wusste sofort, dass diese nicht durch eines der Sprengkommandos ausgelöst worden sein konnte.

Der Mann neben ihm schlug schützend die Hände über dem Kopf zusammen und schrie: »Sie sind da! Die Russen! Sie sind da!«

Er sollte Recht behalten. Von Süden her marschierten russische Truppen in die Stadt ein und lieferten sich erbitterte Häuserkämpfe mit den deutschen Verbänden, die nur noch Kampfgruppenstärke hatten. Die russischen Stoßtrupps setzten Panzerfäuste und Granatwerfer ein, gefolgt von Flammenwerfern, die die gesamte Südstadt in ein einziges, brennendes Inferno verwandelten.

Als die Nacht anbrach, war der Himmel über Breslau taghell erleuchtet.

Die Männer legten ihre Schaufeln und Spitzhacken beiseite und sahen sich an. Keiner von ihnen wollte nach Hause gehen, wo in kalten Zimmern niemand mehr auf sie wartete. Die Familien waren fort, von Hanke hinaus in den Tod gejagt, niemand wusste, wie viele von ihnen im Eis umkamen, da keine Post mehr zu ihnen durchdrang. Der Feind war überall, es gab kein Durchkommen mehr in das Reich.

»Sie werden uns hier zurücklassen«, sagte einer der Männer neben Albert. »Sie werden uns hier elendig verrecken lassen und den Iwans zum Fraß vorwerfen.«

»Schchht«, machte ein anderer und sah sich sorgenvoll um, ob keiner der SS-Männer in der Nähe war.

»Was denn? Willst du es abstreiten? Glaubst du immer noch, der Führer schickt uns Truppen, die uns retten? Die Amerikaner haben Dresden in Grund und Boden gebombt, das steht auf den Flugblättern, es gibt keinen Nachschub mehr. Wir sind verloren.«

Die Stimme des Mannes war immer lauter geworden, sie war nun weithin zu hören. Albert rückte ein Stück von ihm ab. Solche Reden konnten tödlich sein, doch die Todesangst verlieh diesem Mann ungekannten Mut.

»Breslau eine Festung? Wer von euch hat im Geschichtsunterricht aufgepasst? Napoleon selbst hat unsere Stadtmauern schleifen lassen, da ist keine Festung mehr, ganz gleich, wie man sie nennt. Der Russe kommt und niemand kann ihn aufhalten. Auch der Führer nicht!« Den letzten Satz hatte er beinahe geschrien.

Albert sah zuerst den Schatten des SS-Mannes, dann seine tiefschwarzen, blankpolierten Stiefel, denen der ewige Staub auf der Baustelle rund um die Startbahn scheinbar nichts anzuhaben schien.

»Steh auf!«, sagte die Stimme des Mannes ruhig. Albert schloss die Augen. Er kannte diese Stimme. Er hatte sie unzählige Male gehört, damals, vor vielen Jahren, in einem anderen Leben, als Gut und Böse noch viel einfacher auseinanderzuhalten waren. Auf einmal schien alles wie in Zeitlupe abzulaufen.

Albert hörte seine eigene Stimme, die wie von weit her zu kommen schien: »Nicht, Hermann!«

Doch Hermann hörte nicht auf ihn, er schien seinen alten Freund nicht einmal wahrzunehmen.

»Auf solche Reden steht die standrechtliche Erschießung. Feigheit ist es, die aus dir spricht, das Gift für unseren Krieg. Du hältst jetzt sofort dein Maul!«

Hermanns Stimme war grob, sein Gesicht verzerrt vor Wut.

Der Mann neben ihm stand auf. Beinahe sah es so aus, als wollte er den einarmigen SS-Mann schubsen.

»Was willst du tun? Mich umbringen? Mich töten, dafür, dass ich die Wahrheit sage, so wie ihr es mit all den anderen gemacht habt? Ich sage dir was, egal wie viele du umbringst, du kannst die Wahrheit nicht ändern und am Ende stirbst auch du...«

Der Mann brachte den Satz nicht zu Ende.

Hermann hatte ihm mitten in das Gesicht geschossen. Blut und Gehirn spritze, es benetzte die Schulter von Alberts Hemd, dann fiel der Mann um, rückwärts, tot, die Augen starr zum Himmel.

Breslau, 10. März 1945

Es regnete Tod. Schwarzen, scharfen Tod. Albert hörte die sowjetischen Flugzeuge nicht einmal mehr, wenn sie herankamen. »Nähmaschinen« nannten die Kinder sie, die man in die Aufräumtrupps eingeteilt hatte, die den Schutt des gesprengten Universitätsgebäudes abtragen sollten. Die unablässige Bombardierung und der Artilleriebeschuss durch russische Truppen hatten riesige Ruinengebiete entstehen lassen, die nun eingeebnet werden sollten.

Als klar gewesen war, dass man die Stadt im Häuserkampf nicht länger verteidigen konnte, war man dazu übergegangen, alle großen Gebäude in die Luft zu sprengen, so dass der Feind sich ihnen nur auf der Straße entgegenstellen konnte.

Die Männer schliefen inzwischen neben der Landebahn, die sie zentimeterweise durch das Herz der Stadt getrieben hatten. Albert hatte immer mehr das Gefühl sich in einem einzigen, wahnhaften Albtraum zu befinden. Die Männer um ihn herum verloren den Verstand.

Man raunte, der SS-Kompanieführer Budka stünde seit Tagen in der Augustastraße und feuere aus einem Keller heraus auf alles, was sich bewegte, während er mit Wasser übergossen wurde, um die Hitze, die von den Geschossen ausging, zu ertragen.

Die Stadt wurde von Junkers, Heinkels und Messerschmitts Maschinen von der Luft aus versorgt, doch seit der Bombardierung Dresdens haperte der Nachschub. Es war abzusehen, dass der Flugplatz Gandau an den Feind fallen würde, deshalb gab Hanke eine neue Landebahn in Auftrag, die von den »Freiwilligen« mit einfachsten Mitteln der Stadt abgerungen werden sollte, mitten durch die Stadt, dicht vorbei am Postamt an der Universität. Häuser, Kirchen und sogar das Staatsarchiv mussten diesem Projekt weichen. Jeder Bürger Breslaus im Alter von über 10 Jahren war zum Arbeitseinsatz verpflichtet. Wer sich weigerte, wurde erschossen. Tod stand auch auf Plünderung, Sabotage Feigheit, ein Gericht brauchte es zu einem Urteil nicht, nur einen Wehrmachts- oder SS Angehörigen mit einer Waffe, der Ankläger, Richter und Henker zugleich war.

Die Uniformierten führten sich derweil in der Stadt auf, als fürchteten sie weder weltliches noch geistliches Gericht, sie prügelten und erschossen, wen sie wollten, sie warfen Zivilisten aus ihren Wohnungen und Kellern und nahmen an sich, was sie wollten. Von Vergewaltigungen war die Rede.

Gauleiter Hanke regierte gottgleich über die Stadt, Kommandant Hans von Ahlfen wurde abgesetzt und Hermann Niehoff zum neuen Generalkommandanten von Breslau erklärt.

Es gab keine Kampfpausen mehr, das Flakfeuer hämmerte bei Tag und bei Nacht, begleitet von den Bombardements aus der Luft. Um jedes Haus, um jeden Straßenzug wurde erbittert gekämpft. Große Teile der Stadt waren vermint, die Menschen flohen wie die Kaninchen mit ihren Handwagen von einem Teil der Stadt zu einem anderen.

Albert war zum Bau der neuen Landebahn hinter der Kaiserbrücke abgezogen worden, ein Himmelfahrts-kommando. Eine Schneise von 300 Metern Breite und einem Kilometer Länge wurde in die Stadt gesprengt und gehackt und mit einem riesigen Blutzoll bezahlt, da sie den Luftangriffen der sowjetischen Flugzeuge völlig schutzlos ausgeliefert waren.

Die Männer längs der Landebahn starben wie die Fliegen, niemand scherte sich mehr darum. Er hatte inzwischen gelernt, die Zeichen kommen zu sehen. Es setzte stets ein mit einem kurzen, erschrockenen Zögern, wenn das Herz anfing zu stolpern, dann verdrehten sie die Augen und fielen tot zur Erde, wo sie eben noch gestanden hatten.

Es konnte jeden treffen, auch Männer von guter Gesundheit und Jugend. Und wenn sie die Erschöpfung nicht holte, dann war es Geschützfeuer aus der Luft oder vom Boden. Die Stadt, Alberts geliebtes Breslau, hatte sich in ein Höllenloch verwandelt, aus dem es niemand mehr lebend schaffen würde, dessen war er sich sicher.

Und dennoch stand er jeden Morgen, nach einer kurzen Nacht, in der er aufgrund der ständigen Angst vor Beschuss, nur kurze Augenblicke schlief, wieder auf und schlug mit seiner Spitzhacke auf Stein und Beton ein.

Es nicht zu tun, hätte bedeutet, aufzugeben, und er gab nicht auf. Ganz gleich, was geschah, er hielt daran fest, dass Irmgard und Anna in Konstanz auf ihn warteten, ja, wenn er die Augen schloss, dann sah er sie glatt um den Tisch herum sitzen und ihn anlächeln.

»Albert, wo bleibst du denn?«, wisperte dann Annas Stimme in seinem Ohr und er wusste, er musste weitermachen.

Jede Hölle fand irgendwann ihr Ende. Auch diese.

Breslau, 01. April 1945

Es ist erstaunlich, dachte Albert, und seine eigenen Gedanken schienen von weit herzukommen, wie herangeweht vom Wind, wie viel Kräfte Menschen noch besitzen, wenn sie denken, sie sind längst am Ende.

Nichts hatte das Vorrücken der russischen Truppen aufhalten können, im Süden hatten sie einen tiefen Schnitt in die deutschen Verteidigungslinien gerissen. Auch der hastig gebaute Panzerzug, der auf den Eisenbahnlinien rund um Breslau den inneren Ring verteidigt hatte, hatte daran nichts ändern können, nicht die Alten und Jungen, die aus den Ruinen Barrikaden bauten, nicht die Entschlossenen, die sogar mit Schubkarren, Straßenbahnen und Pferdewagen alles aufboten, was die Stadt hatte, um sich verteidigen zu können.

Heute war Ostersonntag, seit gestern Abend hielt die russische Artillerie ein unablässiges Sperrfeuer auf den Westteil der Stadt. Die Luftangriffe richteten sich gezielt gegen die Arbeiter an der Landebahn und Gerüchte machten die Runde, die Festung

Glogau stünde kurz davor, eingenommen zu werden, im Westen standen alliierte Truppen bereits im Ruhrgebiet.

Was die Menschen in Breslau weitermachen ließ, war entweder ein fanatischer Glaube daran, dass sie siegen mussten, und zum anderen das stumpfe Festhalten am Überleben. Albert wusste, dass er zu Letzteren gehörte, auch wenn seine Gedanken in den letzten Tagen immer stiller geworden waren, als hätten sie einem Grundrauschen Platz gemacht, in dem nur noch der nächste Moment von Bedeutung war.

Obwohl ohnehin alle nur noch in Kellern lebten, gab es den offiziellen Befehl, alle Wohnungen von Mobiliar zu befreien und dieses auf die Straßen zu werfen, wo es eingesammelt und dann an zentralen Plätzen verbrannt wurde.

Vor einer Woche war Albert an der Wohnung vorbeigegangen, in der er mit seiner Familie so lange gewohnt hatte. Albert hatte eine Weile herumgesucht, einige Fotos und Erinnerungen gefunden und diese in seinem Koffer verstaut. Er würde bereit sein, wenn es an der Zeit war, Breslau endlich den Rücken zu kehren.

Die Kälte, die eisigen, schneidenden Temperaturen hatten nachgelassen, doch auch jetzt noch wehte ein kalter Wind und es regnete oft. Zwar löschte der Regen viele der durch die Angriffe ausgelösten Feuer, doch er durchweichte auch die Kleider der Männer, die Tag für Tag an Hankes Landebahn bauten.

Längst hatte sich Albert ganz und gar in sein Innerstes zurückgezogen und nahm die Menschen um ihn herum kaum noch wahr, zu schnell verschwanden sie wieder. Es spielte keine

Rolle, ob sie alt oder jung, frei oder Zwangsarbeiter waren, ihr Schicksal war für alle das gleiche. Der ständig drohende Tod machte sie alle namenlos, ließ die Vergangenheit verschwinden und jeden Gedanken an eine mögliche Zukunft absurd erscheinen.

Die deutsche Luftwaffe flog hin und wieder noch Abwehrmanöver, um die roten »Nähmaschinen« vom Himmel zu holen, doch auch diese wurden seltener und viel zu oft trafen die Bomben die eigene Bevölkerung. Albert erschien es, als lägen zwei Drittel der Stadt bereits in Schutt und Asche. Worum kämpften die Soldaten in den Stellungen noch? Um eine Stadt aus Ruinen? Es war so sinnlos. Seit dem Abzug der 17. Panzerdivision musste selbst den führenden Köpfen klar sein, dass Breslau nicht zu halten war, dennoch wurde weitergekämpft. Am 19. März war der Befehl des Führers bekannt geworden, dass nichts von Wert dem Feind in die Hände fallen durfte, keine Waffen, keine Industrie, keine Verkehrsmittel oder anderes. Hitler selbst versuchte also nur noch, die Deutungshoheit über seinen eigenen Untergang zu bewahren, das war klar zu erkennen. Aussprechen wollte es niemand, die Angst war zu groß.

Hermann hatte Albert schon lange nicht mehr gesehen. Innerlich hoffte er, der ehemalige Kamerad sei gefallen und habe die Welt damit von sich befreit. Nie würde er die eisige Kälte, die pure Grausamkeit, verliehen durch Macht, vergessen, die in Hermanns Augen geglitzert hatte, als er den Mann erschoss.

Das Regiment über die Stadt wurde immer brutaler und sinnloser. Männer wurden erschossen, weil sie im falschen Moment den Kopf hoben, was irgendein SS-Mann als

Widerstand interpretierte. Einen 16jährigen erschoss man, weil er auf seinem Posten ohnmächtig vor Erschöpfung geworden war. Trotzdem oder gerade deswegen formierte sich zunehmend Widerstand in der Stadt. Flugblätter machten die Runde, auf denen eine geheime Widerstandsgruppe namens »Der Freiheitskämpfer« dazu aufrief, Hanke und Niehoff die Gefolgschaft zu verwehren und die Hanke den »Nero von Breslau« nannten. Es gab Brandanschläge auf zwei NSDAP Büros.

Die Straßen waren gesäumt von Toten, die hin und wieder von Karren eingesammelt wurden, zwischen ihnen tote Pferde, umgestürzte Wagen. Am schlimmsten waren die Brandbomben, die mit Phosphor ganze Straßenzüge ein einziges Inferno verwandelten. Die Kanalisation war bewusst gesprengt worden, um dem Feind mit Überschwemmungen zu schaden, Gestank und Epidemien waren die Folge. Ruhr und Typhus gingen in der Stadt um und forderten an jedem neuen Tag einen höheren Tribut.

Aus Gründen, die er selbst nicht ganz verstehen konnte, war Albert bislang verschont geblieben. Er schlief mit vielen anderen im Keller eines ehemaligen Pfarramts. Das Haus war alt, der Keller tief und so wurde aus dem anhaltenden Artilleriefeuer und den Bomben ein auszuhaltendes Getöse. An tiefen Schlaf war nicht zu denken, alle machten höchstens für ein oder zwei Stunden die Augen zu, um danach umso erschöpfter wieder an ihr Tagwerk zu gehen.

»Nicht weichen«, das war die Devise. »Wenn wir sie nicht aufhalten, dann marschieren die Bolschewisten bis nach Berlin.«

So oft hatte Albert diese Sätze in den letzten Wochen gehört, dass es ihm schon gar nicht mehr auffiel, wenn sie wieder jemand benutzte.

Mal gewannen die russischen Truppen ein Stück Territorium, dann drängten die Deutschen sie im Häuserkampf wieder zurück, und dennoch wusste jeder in der Stadt, dass die Widerstandskräfte bald erlahmen würden, wenn kein Wunder geschah.

Am Abend rückten russische Truppen im Schutz des aufsteigenden Nebels vor und nahmen den Flugplatz Gandau ein. Damit waren die Bewohner Breslaus endgültig von jedem Nachschub abgeschnitten.

Breslau, 06. Mai 1945

Als Albert aufwachte, wusste er, dass ihm dieser Tag für den Rest seines Lebens in Erinnerung bleiben würde.

Es war ein Tag, wie er nur vom Mai gemacht wurde, sonnig mild, voll von weicher Frühlingsluft, die es auf unerklärlichen Wegen sogar schaffte, sich in der zerstörten Stadt auszubreiten.

Die Nachricht der Kapitulation hatte sich wie ein Lauffeuer verbreitet, knarrend war sie sogar im Radio übertragen worden.

Albert hatte die Nacht, wie so viele zuvor, in dem Keller verbracht und gehörte nun zu den ersten, die aufstanden. Es war das Sonnenlicht, das von oben in die Räume fiel, das sie lockte, wie ein verheißungsvolles Versprechen. Etwas dort oben war anders, das spürte er sofort. Das Rad der Geschichte hatte sich mit einem Ruck weitergedreht und nun waren andere Kräfte am Werk.

Albert kämmte sich und verließ den Keller. Schmetterlinge tanzten über den Ruinen und es dauerte eine Weile, bis er bemerkte, was anders war. Es war die Stille. Kein Artilleriefeuer, keine herannahenden Flugzeuge, noch nicht einmal das Brummen von Automotoren.

Zum ersten Mal seit Monaten schwieg der Himmel über Breslau, keine brüllenden Flugzeuge mehr, keine sirrenden Bomben. Das Hämmern der Spitzhacken war verklungen, das einzige Flugzeug, dass die neue Landebahn, für die die Männer um Albert zu tausenden gestorbene waren, verlassen hatte, hatte Gauleiter Hanke aus der Stadt gebracht. Breslau war dem Sieger überlassen worden, nachdem in Berlin bereits seit einigen Tagen die Waffen schwiegen.

Während irgendwo die Generäle über die Kapitulation verhandelten, konnte Albert Siedow zum ersten Mal seit Wochen wieder einen klaren Gedanken fassen. Er hatte die Hölle von Breslau überlebt.

6.

Schloss Itter, Mai 1945

Wenn Hans sich später an den Flug von Stalingrad nach Westen erinnerte, dann verschwamm alles zu einer traumartigen, zeitlosen Sequenz. Sein ganzer Körper schien nur noch aus Schmerz zu bestehen, ein unerträglicher, zerstörerischer Schmerz, der sich durch seine Eingeweide fraß und mit der Wärme nur noch schlimmer wurde. Nur einen klaren Moment hatte er, kurz nachdem das Flugzeug in der Luft war.

Ein Mann drückte seine Hand, es war ein kühler, fester Händedruck.

»Soldat«, sagte eine Stimme im vertrauten, westpommerischen Akzent. »Können Sie mich hören?«

Und obwohl Hans Zunge ihm den Dienst versagte, obwohl seine Lippen wie verdörrt waren und in seinem Körper kein Funken Energie mehr zu sein schien, hatte genickt und die Hand des Mannes gedrückt.

»Sie sind in guten Händen«, sagte der Mann. »Wir bringen sie jetzt nach Leipzig. Gratuliere, sie haben das Schlimmste hinter sich.«

Etwas von dem, was der Mann sagte, ließ etwas in Hans anklingen, eine Erinnerung, etwas, dass er wissen musste, doch sein Verstand versagte ihm schlicht den Dienst. Er sank hinab in eine gnädige Dämmerung. Als er aufwachte, befand er sich im Lazarett in Leipzig.

An diese gnädige Dämmerung dachte Hans, während er nun etliche Monate später mit weitaufgerissenen Augen in die Dunkelheit starrte, das Zielfernrohr dicht vor seinem Auge. Die Wälder wirkten dunkel, friedlich fast, doch er konnte sie beinahe atmen hören, die Männer, die sich im Schutz der Dunkelheit verbargen. Vor ihnen rollte ein amerikanischer Panzer Typ Shermann, besetzt mit vier GIs unter der Leitung von Captain John Lee, gefolgt vom Kübelwagen der Wehrmacht unter Führung von Wehrmachts-Major Josef Gangl, Hans Vorgesetzten, dessen Einheit er nach seiner Rückkehr aus Italien zugewiesen worden war. Eine weiße Fahne zierte den Kübelwagen, außerdem war er hastig mit weißen Sternen bepinselt worden, um kreuzenden alliierten Truppen sogleich zu signalisieren, dass diese Deutschen keine Feinde mehr waren.

Nach seinem Aufenthalt im Lazarett, der aufgrund der Schwere seiner Bauchverletzung fast sechs Monate gedauert hatte, war Hans Goerschel als frischgebackener Oberleutnant zunächst nach Italien abkommandiert worden, von dort aber in den ersten Monaten des Jahres, als das Vorrücken von Ost- und Westfront auf die Kerngebiete des Reichs bereits abzusehen war, hatte man ihn nach Tirol abgezogen. Durch eine Reihe von Winkelzügen des Schicksals hatte dies dazu geführt, dass er sich nun, in einer lauen Mainacht, gemeinsam mit amerikanischen Soldaten auf dem Vormarsch auf Schloss Itter befand, das bis vor kurzem noch von der SS bewacht worden war. Er hatte das hochherrschaftliche Schloss, wiedererbaut als Prachtbau im 19. Jahrhundert, bisher nur aus der Ferne gesehen und kannte die

Geschichten, die über es erzählt wurden. Es wurde seit Jahren von der SS für eigene Zwecke genutzt, namentlich die Unterbringung sogenannter »Ehrenhäftlinge«, die für die deutsche Führung von besonderer Bedeutung waren, etwa, weil sie über Prominenz und Einfluss verfügten.

Die Leute unten im Dorf, die Waren dorthin lieferten, um das Schloss für die Verwendung durch die SS vorzubereiten, berichteten, dass 1942 inhaftierte Häftlinge aus allen Teilen des Reiches hierhergebracht worden waren. Wände waren verstärkt worden, Türen eingezogen, Gitter vor die Fenster gesetzt worden, so dass das Schloss mit seinen hohen Türmen und den dekorativen Zinnen mehr wie eine Trutzburg wirkte denn wie der repräsentative Herrschaftssitz, der es einst gewesen war. Flutlichter und Stacheldraht sowie die steilen Wände, der Burggraben und die dicken Mauern machten Itter zu einem ausbruchs-sicheren Ort, der von wenigen dutzend Männern bewacht werden konnte.

Hans war mehr als überrascht, zu erfahren, wen Hitler in dem Schloss gefangen hielt, darunter das französische Tennis-Ass Jean Borotra, die ehemaligen Premierminister Frankreichs Paul Reynaud und Édouard Daladier oder die ältere Schwester von Charles de Gaulles Marie-Agnés Cailliau, so wie andere hochrangige Politiker, Gewerkschaftsführer und Militärs. 14 an der Zahl, die teilweise sogar ihre Geliebten und Freundinnen bei sich hatten.

Schloss Itter als Außenstelle des Lagers Dachau war eine Art Luxusgefängnis für hochrangige, französische Gefangene. Die

Zellen waren zwar größer, die Verpflegung besser als in anderen Gefängnissen oder den Lagern, die Gefangenen durften spazieren gehen und Briefe schreiben und empfangen, dennoch blieb es ein Gefängnis, bewacht von Männern der SS-Totenkopfverbände. Seit 1943 stand es unter der Führung von Kommandant Sebastian Wimmer, der sich bereits im Lager Dachau und bei Gewaltexzessen beim Vormarsch im Osten einen Namen gemacht hatte. Warum gerade er von der Führung im Reich als der Richtige betrachtet wurde, um diese wichtigen Gefangenen zu bewachen, bei denen jederzeit eine Befreiungs- oder Entführungsaktion durch Alliierte zu befürchten war, blieb Hans ein Rätsel.

Selbst unter den Soldaten waren seine Brutalität und sein Hang zur Grausamkeit gefürchtet und seit seiner ersten Begegnung mit ihm wusste Hans, dass vermutlich jedes der Gerüchte wahr war: Sebastian Wimmer war ein Schlächter, wie er im Buche stand, ein Mann, vor dem man sich in Acht nehmen musste.

Gangls Batallion war, wie viele andere, nach Tirol abkommandiert worden, weil man wusste, dass Eisenhower diese Region besonders im Fokus hatte. Gerüchte gingen um von einer »Alpenfestung«, einer riesigen Anlage unter der Erde für hochrangige Nazis und alle möglichen Reichtümer, aufgrund ihrer Lage mitten in den Alpen aber uneinnehmbar für die Gegner, ein gefürchteter und fast mythisch überhöhter Rückzugsort. Während München, Berlin und viele andere Städte längst in alliierter Hand waren, wurde hier der Abwehrkampf von einigen Deutschen noch mit aller Entschlossenheit weiter geführt und genau das erwarteten Gangls Vorgesetzte auch von ihm. Dabei hatten sie ihre Rechnung aber ohne die Willensstärke des Majors gemacht, der überhaupt nicht einsah, sich und seine Männer für einen Krieg zu opfern, dessen Ausgang längst entschieden war.

Als Hans zur Truppe von Josef Gangl stieß, stand dieser bereits im Kontakt mit Alois Mayr, einem österreichischen Widerstandskämpfer, dem er, unter Gefährdung seines Lebens und dem seiner Männer, anbot, ihn mit Waffen zu unterstützen.

»Je schneller dieser Krieg zu Ende ist, umso besser. Wenn ich helfen kann, ihn zu beenden, paktiere ich sogar mit dem Teufel«, seien seine Worte gewesen, so hieß es unter seinen Männern. Noch jetzt zitterten Hans beim Gedanken an den Wagemut seines Majors die Hände. Hochverrat war das, was er tat, auch wenn es angesichts der Frontlinien die vernünftigste Entscheidung war, die er seit langem gehört hatte.

War es das Schicksal, das ihn zu Gangls Truppe geschickt hatte? Gangl war ebenfalls in Russland, sogar in Stalingrad gewesen, dort aber waren sie sich nie begegnet. In Gangl, jenem hochgewachsenen, klugen Mann mit schnittigem Kinn, hatte Hans innerhalb weniger Tage nicht nur einen fähigen Anführer, sondern auch gewitzten Gesprächspartner gefunden, der die Sinnlosigkeit des Krieges genauso verabscheute wie er selbst. In dem Städtchen Wörgl am Inn harrten sie aus und warteten darauf, dass der Krieg ein Ende fand. Hans wusste, dass Gangl diesen Ort mit Bedacht ausgewählt hatte, hier war die Wahrscheinlichkeit am größten, dass sie sich einfach den vorrückenden amerikanischen Truppen ergeben konnten.

Draußen, in den Wäldern, wimmelte es von versprengten SS-Einheiten, die teilweise bis zur letzten Kugel gegen ihr nicht mehr abwendbares Schicksal kämpften und in diese Kämpfe wollte sich Gangl auf keinen Fall verwickeln lassen.

»Alle reden ständig vom Mannsein im Krieg«, hatte Gangl ihm über einer Flasche Kräuterschnaps erklärt, »aber ich sage ihnen mal was, Goerschel, dieses ganze Gehorchen und Buckeln hat überhaupt nichts mit Mannsein zu tun. Ein Mann, der denkt für sich selbst und der erkennt, wenn eine Sache verloren ist. Der Führer ist entweder wahnsinnig oder tot, beides soll mir recht sein, doch ich sterbe nicht für ihn und auch keiner meiner Männer.« Er hatte das Glas auf den Tisch geschlagen, dass es nur so krachte und seine Männer hatten ihm zugejubelt.

Es war am Morgen des 4. Mai gewesen, einer jener lauen Frühlingsabende, als plötzlich ein aufgeregter Mann auf einem zerbeulten Fahrrad aufgetaucht war. Sein Name war Andreas Krobot und er sprach Deutsch mit starkem tschechischen Einschlag. Was er Gangl zu berichten hatte, änderte die Lage drastisch. Die SS-Totenkopfverbände, die die Männer auf Schloss Itter gefangen gehalten hatten, waren verschwunden und hatten sich den anderen Verbänden in den Wäldern angeschlossen. Trotzdem fürchteten sich die Gefangenen zu fliehen; aus Angst, erneut gefangen genommen und erschossen zu werden, eine Drohung, die ihre Bewacher bereits mehrfach geäußert hatten. Der Koch hatte sogar ein Schreiben der französischen Gefangenen dabei.

»Kommen, schnell«, sagte der Mann, bei dem es sich um einen tschechischen Zwangsarbeiter handelte, der auf Schloss Itter für die Gefangenen kochte.

Hans sah Josef Gangl an. Er konnte sehen, wie es hinter dessen Stirn arbeitete.

»Das ist unsere Chance«, murmelte Gangl, der bereits seit Tagen nach einer Möglichkeit suchte, die französischen Gefangenen zu befreien, doch er wollte ein offenes Gefechtsfeuer mit den bewachenden SS-Männern in jedem Fall vermeiden, da die Gefangenen und viele seiner Männer dieses vermutlich nicht überlebt hätten. Wieder und wieder hatte er mit Alois Mayr zusammengesessen und überlegt, wie man sich unbemerkt Zugang zum Schloss verschaffen konnte und die Gefangenen in einer Nacht und Nebel Aktion befreien könnte, doch keine der Möglichkeiten war machbar erschienen. Dann war vor wenigen Tagen auch noch die 12. US-Panzerdivision zehn Kilometer nördlich von Kufstein ganz in der Nähe aufgetaucht, und hatte zu intensiven Blockadevorbereitungen der verbliebenen Wehrmachtseinheiten um sie herum geführt, die viele der Männer mit dem Leben bezahlt hatten, da sie von ständigem, feindlichem Artilleriefeuer begleitet wurden.

In der Folge waren immer mehr SS-Männer in Wörgl aufgetaucht, in ihren Augen noch immer der fanatische Glaube an den Endsieg und Gangl sah sein Vorhaben der friedlichen Befreiung der Gefangenen und Rettung seiner Männer durch die letzten Kriegstage massiv gefährdet. Die SS-Truppen wollten kämpfen um jeden Preis und verkündeten lauthals, dass sie

Heinrich Himmlers jüngsten Befehl Folge leisten werden und jeden über 14 Jahren, der eine weiße Fahne schwenkte, sofort erschießen. Straßensperren wurden errichtet und das Gelände vermint, die Zivilbevölkerung erneut in große Gefahr gebracht, obgleich das Ende des Krieges doch schon zum Greifen nahe war.

Bereits vor einigen Tagen hatte es im Gasthof zur Neuen Post in Wörgl ein Feuergefecht gegeben, weil Angehörige der Waffen-SS das Waffenlager der Widerstandskämpfer entdeckt hatten. Ein SS-Offizier hatte mit einer Maschinenpistole im Wirtsraum herumgeschossen, während seine Männer die Waffen mitnahmen. Major Gangl wusste nur allzu gut, dass die SS nicht nur über Maschinengewehre, sondern auch über Panzerfäuste verfügten. Diesen Waffen wären seine Männer in einem Kampf unterlegen.

Als nun der Koch vor Gangl stand, traf dieser eine Entscheidung: »Ich fahre nach Kufstein und spreche mit den Amerikanern. Nur mit ihnen gemeinsam können wir die französischen Gefangenen auf Schloss Itter retten.«

Stumm sahen seine Männer ihn an. Was ihr Vorgesetzter plante, war lebensgefährlich. Wenn ihn nicht die SS umbrachte, dann die Amerikaner. Gangl zwinkerte.

»Ich nehme eine weiße Fahne mit. Ich hisse sie erst, wenn ich die Amerikaner sehe. Sie werden mich schon nicht über den Haufen schießen.« Hans wusste, dass er ihnen Mut zu machen versuchte, doch ein beklemmendes Gefühl blieb bei ihnen allen zurück.

Gangl brach am Nachmittag auf und seine Männer machten sich auf einige Stunden bangen Wartens gefasst, doch nur kurze Zeit später tauchte der Kübelwagen, in dem er davon gefahren war, wieder auf, doch diesmal saßen nicht nur Gangl und seine Männer darin, sondern auch zwei amerikanische Soldaten. Einer von ihnen war Captain John Lee, der nach Wörgl gekommen war, um sich selbst ein Bild von der Situation zu machen.

Es war eine seltsame Situation, einem der Anführer vormals feindlicher Truppen so dicht gegenüberzustehen. Gangl stellte jeden seiner Männer mit Namen vor und Lee schritt an ihnen vorüber, als seien sie seine Truppe und schüttelte ihnen die Hand. Auch die Männer aus dem Widerstand stellten sich vor und Hans entging nicht, wie der amerikanische Captain jeden einzelnen mit festem Händedruck und intensivem Blickaustausch prüfte. Offenbar wollte er genau wissen, mit welchen Männern er in dieses Abenteuer mit ungewissen Ausgang ziehen würde. Seine Prüfung musste positiv ausfallen, denn kurz darauf erklärte er, Gangls Männer dürften ihre Waffen behalten.

Lee war breitschultrig und stämmig, ein Mann, der durch seine körperliche Präsenz überzeugte und Hans spürte sofort, dass man ihm vertrauen konnte. Dieser Mann wusste, was er tat und er und Gangl bildeten ein gutes Gespann.

Hans Englisch war gut genug, um zu verstehen, was der Captain sagte und er übersetzte bereitwillig für seine Kameraden. Lee erklärte, dass sein Truppenteil gerade aufgelöst werde und er deshalb nur noch wenige Panzer und Männer habe, weiteres Gerät müsse er von der 36. Infanteriedivision anfordern.

Und bei Einbruch der Dunkelheit setzte sich der ungewöhnliche Konvois in Richtung Schloss Itter in Bewegung. Am Nachmittag noch war Lee mit einigen Männern bis zu Schloss Itter vorgedrungen und hatte mit dem dort zurückgelassenen SS-Mann Schrader gesprochen, der keinerlei Interesse hatte, die Gefangenen mit seinem Leben zu verteidigen, doch das galt nicht für die anderen SS-Einheiten. Mehrere Panzer würden nicht unbemerkt bis nach Schloss Itter vordringen können.

Die SS-Männer waren nicht ihr einziges Problem − einen Panzer hätten sie beinahe auf einer Brücke über die Ache, einem Nebenfluss des Inns, verloren, weil diese unter dem Gewicht einzustürzen drohte. Zwei der Panzer hatten deshalb nach Kufstein umdrehen müssen, weitere waren in Wörgl verblieben, um die Männer und die Zivilbevölkerung dort zu schützen, so dass am Ende nur noch ein Panzer vom Typ Sherman und der deutsche Kübelwagen in Richtung Schloss Itter unterwegs waren.

Hans war sich der Ungewöhnlichkeit dieser Szene mehr als bewusst. Da fuhren ein amerikanischer Panzer und ein Fahrzeug der deutschen Wehrmacht in einer lauen Mainacht durch Tirol, um französische Gefangene zu befreien.

Gewehrfeuer riss ihn aus seinen Gedanken. Hinter der Kurve, die vor ihnen lag, hatten SS-Männer eine Straßensperre errichtet und die amerikanischen Infanteristen auf ihrem Panzer hatten sofort das Feuer eröffnet. Mündungsfeuer blitzte durch die Nacht, das Echo wurde von den Bergen zurückgeworfen und Pulvergeruch lag in der Luft. Lautes Rufen war zu hören,

Englisch und Deutsch und wer Freund und wer Feind war, war nicht einfach zu entscheiden.

»Sie sind weg«, rief schließlich jemand. Tatsächlich waren die SS-Männer in die umliegenden Wälder verschwunden, kaum, dass das Feuer eröffnet worden war.

Als sie knapp 20 Meter vor der Toreinfahrt von Schloss Itter waren, gab Captain Lee den Befehl, den Panzer, dem seine Männer den klangvollen Namen »Besotten Jenny« gegeben hatten, auf der schmalen Straße wenden zu lassen, so dass er rückwärts in den Schlosshof fahren würde. Hans erkannte den Zweck dieser Übung sofort: Auf diese Weise würde sich Schloss Itter im Falle eines Angriffs leichter verteidigen lassen.

Der Panzerführer namens Rushford bewältigte dieses anspruchsvolle Manöver und bugsierte den Panzer auf die Brücke. Nun aber hielten alle den Atem an: Die Brücke bog sich unter dem Gewicht des Panzers bedenklich.

Als der Panzer nun endlich im Hof des Schlosses stand, klopften sich die Amerikaner gegenseitig auf die Schultern und teilten ihre Zigaretten mit den Deutschen. Während Hans die entspannende Wirkung des Nikotins genoss, dachte er darüber nach, was der Krieg aus Männern machte. Einige machte er zu Schlächtern, andere zu Helden.

Der Koch aus Schloss Itter hatte ihnen manch schreckliche Geschichte über den Kommandanten Wimmer erzählt. Dieser habe oft schon tagsüber getrunken und die nichtprominenten Häftlinge in Küche und Garten verprügelt. Jeder hatte Angst vor ihm. Nun war Wimmer aber gestern samt seiner Frau Hals über

Kopf geflohen, nur einige SS-Männer waren zurückgeblieben, hatten sich betrunken und gedroht, die französischen Gefangenen umzubringen, bis auch sie von den näherrückenden amerikanischen Truppen hörten und sich davon machten.

Zurück blieb nur jener SS-Mann Schrader, der unten in Dorf Itter mit seiner Familie lebte und wenig Lust verspürte, sein Leben zu riskieren.

Lautes Rufen ließ Hans herumfahren. Die Einfahrt des Panzers war nicht unbemerkt geblieben, die Gefangenen kamen herangelaufen und begrüßten ihre Retter überschwänglich auf Französisch. Ihm entging nicht, mit welchem Misstrauen sie die Wehrmachtsuniformen betrachteten. Kurzerhand griff er nach der Fahne an ihrem Kübelwagen und riss mehrere Streifen von ihr ab, die er an die anderen verteilte.

»Hier«, sagte er. »Dann wissen sie, dass wir zu den Guten gehören.« Lee beobachtete, was er tat und nickte ihm anerkennend zu.

Auch wenn die Erleichterung spürbar war, dass sie es bis hierhin geschafft hatten, wussten sie alle, dass die Gefahr noch nicht gebannt war. Ihr Vorrücken auf Schloss Itter war nicht unbemerkt geblieben, und es war zu erwarten, dass die umliegenden SS-Verbände einen Angriff auf das Schloss wagen würden.

»Als wir hörten, die Amerikaner kommen mit der Kavallerie, haben wir etwas anderes erwartet«, witzelten die französischen Gefangenen, denen der Schreck darüber, dass sich deutsche Soldaten im Wald amerikanischen Panzern entgegenstellten, deutlich anzusehen war. Der Krieg war noch nicht vorbei. Eine neue Welle der Anspannung legte sich über die Männer im Schloss. Es galt, die Nacht zu überstehen und dann alle Befreiten und Männer wieder zurück in sicheres Terrain zu bringen. Das sollte sich jedoch schwieriger gestalten, als gedacht.

Kurz darauf tauchte Schrader im Schloss auf, der zur Irritierung aller seine Wehrmachtsuniform angelegt hatte.

»Es gibt Truppenbewegungen in Norden, Westen und Süden auf das Schloss zu«, erklärte er. »Außerdem wurden zwei Panzerabwehrkanonen direkt auf das Schloss gerichtet.«

Lee verfiel in brütendes Schweigen. Diese Neuigkeiten zeigten, dass sich die Lage hier im Schloss erheblich verschlechtert hatte. Jeden Augenblick war mit einem Angriff auf das Schloss zu rechnen.

Sein Blick wanderte zu den ehemaligen Gefangenen.

»Ihr«, sagte er. »Ihr versteckt euch im Keller.« Kaum hatte er das ausgesprochen, folgte empörter Widerspruch einiger der Männer.

»Wir sterben lieber als im Keller zu sitzen wie Schlachtvieh«, schrien sie. »Wir waren lange genug zum Warten verdammt.«

Lee ließ sich nicht aus der Ruhe bringen.

»Ich führe hier das Kommando«, erklärte er mit dröhnender Stimme und in breitem amerikanischen Englisch. »Wer die Sache hier überleben will, tut, was ich sage.«

Damit war die Diskussion beendet. Kaum waren die Befreiten verschwunden, wandte sich Lee an seine und Gangls Männer.

»Wir haben weder genügend Männer noch Fahrzeuge, um alle bis nach Kufstein zu bringen. Das Schloss jetzt zu verlassen, käme einem Himmelfahrtskommando gleich. Wir werden uns im Schloss verschanzen und es verteidigen, bis das 142. US-Infanterieregiment, das bereits auf dem Weg hierher ist, uns einholt. Das Schloss steht unter meinem Kommando, Major Gangl ist mein Stellvertreter.«

Stummes Nicken war die Antwort. Die Vorstellung, hier im Schloss eingesperrt zu sein und auf den gegnerischen Angriff zu warten, gefiel keinem von ihnen, doch sie wussten, dass Lees Plan die beste Option war, also fügten sie sich.

»Es wird nicht leicht sein, auf Schloss Itter vorzurücken«, führte Lee aus. »Wir haben von den Zinnen eine gute Schussposition und es gibt nur die eine Toreinfahrt.«

Er drehte sich um und befühlte eine der nahegelegenen Mauern.

»Diese Mauern halten einiges aus. Hier drin sind wir erst einmal sicher.«

Die Verteidigung des Schlosses wurde je hälftig zwischen Gangls und Lees Männern aufgeteilt.

Die Soldaten nahmen ihre Beobachtungsposten auf den Türmen ein und »Besotten Jenny« wurde ein Stück aus der Toreinfahrt hinausgefahren, um über ein besseres Schussfeld zu verfügen. Nach einem letzten Rundgang durch das Schloss fielen alle bis auf die wachhabenden Soldaten in einen kurzen, unruhigen Schlaf, der nicht von Dauer war.

Schon nach knapp einer Stunde zerriss Maschinengewehrfeuer die Stille der Nacht. Der Angriff konzentrierte sich auf das

Torhaus und wurde sofort von »Besotten Jenny« beantwortet. In der Dunkelheit beobachteten die Soldaten oben auf den Zinnen, wie sich einzelne SS-Angehörige mit Kletterseilen in Richtung der Schlossmauern aufmachten, dann aber von den Panzersalven zurückgedrängt werden konnten.

Die ganze Nacht über kam es immer wieder zu Angriffen und einzelnen Scharmützeln. Der Abwehrkampf der SS in der Gegend hatte sich auf Schloss Itter eingeschossen.

Als der Morgen graute, kam es zu einer dramatischen Wende. Hans, der auf einem der Türme Stellung bezogen hatte, beobachtete, wie ein Flakgeschütz in Position gebracht wurde. Kurz darauf ging der Tank von »Besotten Jenny« in Flammen auf, und das genau in dem Augenblick, als die durchgefrorenen Gefangenen gerade aus dem Keller auftauchten, um sich die Beine zu vertreten. Kurzzeitig brach auf dem Schlosshof Chaos aus, Schreie waren überall zu hören, Flammen züngelten in den Nachthimmel, doch kurze Zeit später stand fest, dass niemand verletzt war.

Der Morgen hielt weitere Prüfungen bereit.

Hans kämpfte auf seinem Posten gegen die Müdigkeit an. Es kam ihm vor, als säße er schon ewig auf dem Schlossturm und erst dachte er, seine Augen spielten ihm einen Streich, als er sah, wie einer der Männer aus seiner Einheit sich einige Meter unterhalb von ihm über die Schlossmauer abseilte.

»Stopp! Du Idiot«, brüllte Hans, doch seine Stimme ging im wieder aufbrandenden Geschützfeuer unter. Von seiner Position aus hatte er kein gutes Schussfeld, doch seine Schreie machten die anderen Deutschen unten auf den Zinnen aufmerksam. Sie erkannten zwar, was vor sich ging, doch keiner von ihnen brachte es fertig, auf einen Kameraden zu schießen. Auch Hans zögerte.

»Bleib stehen! Du bringst dich um!«, schrie er dem Mann hinterher, dessen Gesicht er nicht erkennen konnte. Kurz darauf war der Mann zwischen den Bäumen verschwunden.

Hans wusste, dass das nichts Gutes bedeutete, was kurz darauf durch das Auftauchen von Lee und Gangl bestätigt wurde. Lees Gesicht war rot vor Wut.

»Ihr verdammten Krauts!«, tobte er. »Warum habt ihr ihn davonkommen lassen? Er wird seinen Kameraden dort unten jede Einzelheit über uns verraten. Das kann unser aller Tod bedeuten.«

Gangl versuchte, ihn zu beschwichtigen. An seinem Gesicht war abzulesen, wie ernst die Situation war. Wenn Lee das Vertrauen in ihn und die Deutschen verlor, war ihre Lage aussichtslos.

Nach einer Weile stapfte Lee zornentbrannt von dannen und Gangl wandte sich an seine Männer.

»Offenbar haben es noch nicht alle verstanden: Wenn wir die nächsten Stunden überleben wollen, um wohlbehalten wieder zu unseren Familien zurückzukehren, dann halten wir uns an die Amerikaner, auch wenn das heißt, auf einen ehemaligen Kameraden zu schießen, habt ihr das verstanden? Wir sind im Krieg, da gibt es kein ›vielleicht‹, da gibt es nur Freund oder Feind. Und die da unten, das sind jetzt unsere Feinde. Wir haben uns für diese Seite entschieden und nun müssen wir das auch ausfechten.«

Sein Blick wanderte über die erschöpften Gesichter seiner Männer. Der geflohene Kamerad war ein junger Mann, noch keine 23, der immer davon gesprochen hatte, einmal zur Waffen-SS zu gehören. Sein Traum sollte sich aller Voraussicht nach nur für sehr kurze Zeit erfüllen.

Die Schlacht ließ ihnen keine Zeit zum Verschnaufen. Kurz nach acht Uhr wurde ein panzerbrechendes Flakgewehr auf Schloss Itter gerichtet, dessen Geschosse die Mauern bedenklich zum Zittern brachten. Keine halbe Stunde später tauchten mehrere Militärlastwagen auf, aus denen mehrere dutzend SS-Männer in Tarnuniformen sprangen.

Hans hörte Lee unten im Schlosshof fluchen. Mit dem Panzertank war auch sein Funkgerät in Flammen aufgegangen, die Verbindung zum Rest der Truppe war unterbrochen. Die Verstärkung hätte längst hier sein müssen und so wie es aussah, waren die bisherigen Scharmützel nur von Aufklärertruppen ausgegangen, während echte Angriff auf Schloss Itter noch bevorstand.

Lee, Gangl und Schrader diskutierten und Hans konnte nicht alles verstehen, was die Männer sagten, doch ein Wort hörte er ganz deutlich: »Telefon«. Und tatsächlich verschwand Major Gangl kurz darauf im Keller, wo sich ein Telefon befand, um im Gasthaus Neue Post anzurufen und Alois Mayr und die anderen Männer aus dem österreichischen Widerstand darum zu bitten,

Kontakt mit den US-Truppen aufzunehmen und diese über die Lage auf Schloss Itter zu informieren.

Es war kurz nach zehn Uhr am Morgen, als die ersten 88-mm Geschosse Schloss Itter trafen und tiefe Spuren in die Schlossmauer rissen. Einzelne Zimmer wurden vollständig zerstört und der Lärm war ohrenbetäubend. Hans auf seinem Posten ging in Deckung, Stein und Holz splitterte um ihn herum.

Die Flak im Nordwesten feuerte ebenfalls und die Luft schien voller Geschosse zu sein. »Besotten Jenny« fing erneut Feuer und ein erneuter Einschlag öffnete eine Lücke in der Ummauerung. Die ersten SS-Männer strömten darauf zu. Nun sah Hans, dass bei den Franzosen unten im Hof etwas vor sich ging. Einzelne von ihnen schnappten sich Waffen und stürzten sich in das Kampfgeschehen. Lee, der gerade in ein Gespräch mit Gangl vertieft war, hielt sie nicht auf, erst als sich der ehemalige Premierminister Paul Reynaud in direkte Schusslinie einer deutschen Flak begab, sprang Gangl auf, um ihn zu schützen.

Ein Schuss traf ihn in den Kopf. Der deutsche Major stürzte zu Boden wie ein gefällter Baumstamm, die Blutlache um seinen Oberkörper ließ keinen Zweifel mehr: Er war tot.

Für einen Augenblick war es, als stünde die Zeit still. Alle starrten auf den toten Major, selbst das Geschützfeuer verklang und Hans spürte, wie etwas nach seiner Seele griff und sie schüttelte. Er hatte nicht lange unter Gangl gedient, doch er hatte ihn als aufrechten Mann mit Mut und Gewissen kennengelernt. Wie er hatte Gangl die Hölle von Stalingrad überlebt und war sogar in der Normandie gewesen und nun starb er hier, an einem sonnigen Maimorgen mitten in Tirol, für einen Krieg, der längst verloren war. Hans hatte es sich abgewöhnt, Wut, Trauer oder Freude zu empfinden. Im Krieg war dafür keine Zeit. Gefühle kosteten Kraft, Kraft, die er nicht hatte, vielleicht würde er sie nie haben. Doch in diesem Augenblick, als er Gangl dort unten liegen sah, schwoll der Strom der Gefühle in seinem Inneren zu einer gefährlichen Flut an und Hans hatte kurz das Gefühl, der Boden unter ihm schwankte. Dann hatte er die Kontrolle über sich wieder.

In den letzten sechs Jahren hatte er mehr Männer sterben sehen, als er zählen konnte. Er hatte sich an das Sterben gewöhnt, hatte dessen Sinnlosigkeit verinnerlicht. Der Tod kannte keine Gerechtigkeit, der Krieg erst Recht nicht, und er machte vor niemandem halt, auch vor einem Josef Gangl nicht. Wenn sie verhindern wollten, dass Gangl umsonst gestorben war, dann mussten sie die Mission der Gefangenbefreiung aus Schloss Itter erfolgreich beenden. Hans Hände schlossen sich um sein Maschinengewehr. Die Schlacht hatte gerade erst Fahrt aufgenommen. In diesem Moment setzte der Lärm wieder ein, die Zeit sprang wieder in ihren Lauf zurück und Hans handelte wieder, ohne nachzudenken.

Stunden vergingen. Die Sonne stieg den Himmel hoch, erreichte ihren Zenit und begann wieder zu sinken, während das Gefecht ohne Pause andauerte. Langsam ging ihre Munition zur Neige. Die Franzosen hatten sich aus den Kampfhandlungen inzwischen zurückgezogen, die amerikanischen und deutschen Männer hielten die Stellung, doch Hans wusste, dass bis zum

Abend etwas passieren musste, sonst war die Schlacht um Schloss Itter verloren.

Sie alle waren übermüdet und der Beschuss zerrte an ihren Nerven. Bisher hatten sie verhindern können, dass SS-Männer in das Innere des Schlosses kamen, doch es war nur eine Frage der Zeit, bis ihnen auch das nicht mehr gelang. Irgendwann gegen Mittag erfuhr Hans von einem Kameraden, dass Jean Borotra, Tennisstar und ehemaliger Gefangener, vorgeschlagen habe, sich an der Rückseite von Schloss Itter abzuseilen und sich durch die feindlichen Reihen durchzuschlagen. Zunächst hatte Lee seinen Vorschlag als Selbstmord abgetan, aber Borotra hatte nicht locker gelassen. Dem Tennisstar war bereits einmal die Flucht aus Schloss Itter auf diese Weise gelungen, genau genommen hatte er sich während seiner gesamten Gefangenschaft darauf vorbereitet. Leider war ihm dann ein verstauchter Knöchel dazwischen gekommen. Vielleicht war es Verzweiflung, vielleicht Borotras Überzeugungskraft, doch schließlich stimmte Lee zu. Als Bauer verkleidet, schlüpfte er unbemerkt aus dem Schloss und verschwand im Wald. Niemand glaubte daran, ihn jemals wiederzusehen.

Als die ersten amerikanischen Panzer am Waldrand auftauchten, hielt nicht nur Hans sie für eine Fatamorgana, erst als er sah, wie sich das Feuer der SS-Verbände nicht länger gegen das Schloss, sondern gegen die heranrückende Infanterie richtete, sickerte es allmählich in sein Bewusstsein: Sie hatten gewonnen. Die Schlacht um Schloss Itter war geschlagen und sie hatten überlebt, genauso wie alle französischen Gefangenen. Borotra hatte es tatsächlich hinter die feindlichen Linien geschafft und den Amerikanern genaueste Informationen über die Gefechtsstellungen der Deutschen gegeben. Nur einer von ihnen erlebte jenen Moment nicht: Josef Gangl.

Als man die Überreste von »Besotten Jenny« aus dem Weg geräumt hatte, staunten die nachrückenden Amerikaner nicht schlecht, als sie sahen, dass Borotras Aussagen der Wahrheit entsprochen hatte: Auf Schloss Itter hatten Wehrmachtssoldaten und Amerikaner Seite an Seite gegen die SS gekämpft, ein Ereignis, wie es nur in jenen letzten Tagen des Krieges möglich war.

Die amerikanischen Soldaten jubelten, die deutschen fanden sich eher zögerlich im Schlosshof ein. Letztere wussten, dass die Linien zwischen Freund und Feind nun wieder schärfer gezogen werden würden, vor ihnen lag eine ungewisse Zukunft als Verlierer dieses Krieges, den Hitler vor etwas weniger als sechs Jahren angefangen hatte.

Lee schien zu ahnen, was in ihnen vorging und er ließ es sich nicht nehmen, jedem Einzelnen von ihnen die Hand zu geben und ihnen zu danken. Hans wusste, dass der feste, raue Händedruck des breitschultrigen Amerikaners zu den Dingen in seinem Leben gehörte, die er niemals vergessen würde. Als er kurz darauf auf einem der amerikanischen Militärlaster saß und Richtung Kufstein fuhr, sah er an der Uniform hinunter, die über so viele Jahre hinweg sein Begleiter gewesen war, fast wie eine zweite Haut. Sie kam ihm nun wie ein Fremdkörper vor.

Er hatte nie Soldat sein wollen, nie hatte er den Enthusiasmus seiner Kameraden geteilt, sich für fremde Interessen über den Haufen schießen zu lassen. Trotzdem hatte er seine Pflicht erfüllt. Unaussprechliche Dinge hatte er in den letzten Jahren erlebt, Blutvergießen, Grausamkeit und das Ende aller Menschlichkeit. Jetzt aber, als die Sonne langsam über Tirol versank und die Luft statt von Geschossen von kleinen Käfern und Schmetterlingen angefüllt war, da spürte er, dass kein Krieg der Welt, kein menschengemachter Irrsinn von Dauer sein konnte. Seine Zeit als Soldat war zu Ende. Er wusste nicht, was nach ihr kommen würde, er wusste nur, dass er für den Rest seines Lebens keine Waffe mehr anrühren würde.

Zwei Tage später war der Krieg vorbei. Deutschland kapitulierte, seine Soldaten gingen in Kriegsgefangenschaft, unter ihnen auch die Männer, die an der Seite der amerikanischen Militärs auf Schloss Itter gegen die SS gekämpft hatten.

7.

Breslau, 8. Mai 1945

Als der Frühling nach Breslau kam, war es, als zöge ein ebenso geheimnisvoller wie unwirklicher Zauber durch die zerstörte Stadt. Dreiviertel der Stadt lagen in Trümmern, selbst die Bücher der größten Bibliothek hatte man im Barrikadenkampf verwendet.

Als die Russen in die Stadt einmarschierten, schritten sie durch eine Szenerie, die einem Albtraum entsprungen zu sein schien: Von vielen Häusern standen nur noch die Fassaden, überall schwelten Brände und von der Bevölkerung waren nur noch hohläugige, ausgemergelte Gestalten übrig.

Albert Siedow erkannte sein Breslau nicht wieder. Ein Monster hatte es verschlungen und nichts davon übrig gelassen und er wusste, dass der Einmarsch der Roten Armee nicht das Ende des Leids bedeutete.

Wie viele andere versuchte er in den ersten Tagen, sich im Verborgenen zu halten. Er verließ seinen Unterschlupf im Pfarrheim und fand Zuflucht im Keller eines Wohnhauses, dessen Seite zwar von einem Bombeneinschlag beschädigt war, aber durchaus standfest war. Die Kellertreppe führte in das Freie. Er entdeckte sie, als er sich mehr tot als lebendig durch die Straßen Breslau schleppte. Nach Hankes Verschwinden hatten die Deutschen die Stadt noch eine Weile gegen den Vormarsch verteidigt, doch nach und nach waren sie verschwunden. Albert hatte seine Schaufel niedergelegt und war einfach losgegangen, irgendwohin, durch die Straßen, die er seit so vielen Jahren kannte, und die ihm nun fremd waren, eine düstere, todgeweihte Version der Stadt, in der er so viele Jahre verbracht hatte. Hunger und Erschöpfung ließen die Tage mit den Nächten verschmelzen, zu jeder Stunde stand der hellrote Schein der Feuer der Brände am Himmel, der Geruch von Rauch lag in der Luft und das Geschützfeuer hämmerte noch immer in den Ohren, obwohl es in Wirklichkeit längst verklungen war. Es spielte keine Rolle, wohin er ging oder woher er kam, das Gehen selbst war es, auf das es ankam, um am Leben zu bleiben, sein Körper wollte sterben, wollte nicht eine Sekunde mehr in der Sinnlosigkeit dieser Gegenwart verharren.

Seine Gedanken waren immer leiser geworden während der Torturen der letzten Wochen, dem Sterben, dem Wahnsinn um ihn herum, bis sein Inneres zuletzt nur noch eine dumpfe Anhäufung von Empfindungen und Eindrücken war.

Die Stadt lag in Trümmern. Als er den Eingang zu dem Keller entdeckte, schleppte er sich mit letzter Kraft hinein und brach zusammen.

Als er aufwachte, wusste er nicht, wie lange er ohne Bewusstsein gewesen war. Menschen beugten sich über ihn, ausgezehrte Gesichter mit Angst in den Augen. Jemand benetzte seine Lippen mit Wasser, er schluckte und hustete. Jeder einzelne Knochen in seinem Körper schmerzte. Er blickte in die Augen einer Frau, alterslos von dem Entsetzen um sie herum.

»Wir dachten, Sie sind tot«, sagte sie und es lag ein Gleichmut in ihrer Stimme, die Albert erschaudern ließ, ganz so, als spiele es keine Rolle mehr, ob jemand lebte oder nicht.

Mühsam richtete er sich auf und erkannte nun im Halbdunkel weitere Gesichter, Greise, Kinder, viele Männer.

Er schüttelte den Kopf, um seine Gedanken zu klären. Hatten nicht alle Kinder die Stadt verlassen? Wie lange hielten sich diese Menschen hier schon verborgen?

Die Frau vor ihm schien seine Gedanken lesen zu können. Ihr Blick wanderte nach oben, zur Decke. Kein Laut drang hier unten in den Keller.

»Es hat aufgehört«, sagte sie. »Schon seit zwei Tagen. Vielleicht gehört die Stadt jetzt endlich den Russen.«

Angst lag in ihrer Stimme. Als seien ihre Worte ein Zeichen gewesen, waren auf einmal jenseits der Treppe Schritte von schweren Stiefeln zu hören und Stimmen, die in einer fremden Sprache Befehle brüllten.

»Sie sind hier«, wimmerte eine junge Frau, der Albert jetzt erst gewahr wurde. Schläge hämmerten gegen die Tür.

»*Otkrojt*e! Aufmachen!«, bellte eine Stimme.

Die Menschen im Keller sahen sich ängstlich an.

»Wir dürfen die Tür nicht aufmachen«, stieß Albert mühsam hervor. »Sie werden uns töten.«

Die Frau vor ihm musterte ihn, mit einem langen, nachdenklichen Blick.

»*Otkrojt*e!«, klang es wieder vor der Tür, diesmal deutlich wütender.

»Vielleicht verschwinden sie einfach wieder«, sagte jemand, den Albert nicht sehen konnte.

»Sie wissen, dass wir hier drin sind.«

Der Blick der alten Frau wanderte zu den jüngeren Frauen weiter hinten im Raum. Sie alle hatten die schrecklichen Geschichten von dem gehört, was die russischen Soldaten den deutschen Frauen antaten.

»Wenn wir jetzt nicht aufmachen, räuchern sie uns aus oder tun Schlimmeres«, sagte die Frau. Dann stand sie auf und ging zur Tür. Ein Aufschrei ging durch die Gruppe der jungen Frauen. Die Tür schwang auf und etwa ein Dutzend Soldaten stürmten herein, Befehle wurden geschrien, Waffen schwangen durch die Luft.

Albert drehte sich um, jemand presste seinen Kopf gegen den harten Untergrund des Kellers. Hinter ihm waren schrille Schreie zu hören.

»Du, *ženšina, idi so mnoj*! Frau, komm mit!«, brüllte einer der Soldaten. Der Druck des Stiefels auf Alberts Hinterkopf ließ nach, er konnte den Kopf sehen, und musste nun beobachten, wie die erste der jungen Frauen an den Haaren aus dem Keller geschleift wurde. Ihre Schreie waren erst auf der Treppe zu hören, dann wurden sie immer leiser. Auch die übrigen Frauen wurden aus dem Keller gezerrt.

Albert schloss die Augen. Er wünschte sich weit weg. Die Gesichter seiner Frau und seiner Tochter schoben sich vor sein inneres Auge und er versuchte, nicht daran zu denken, was den beiden auf ihrem Weg an den Bodensee vielleicht in der Zwischenzeit geschehen war. Waren sie noch am Leben? Hatte man ihnen etwas angetan?

»Nicht«, flehte er mit brüchiger Stimme.

»Zakroj rot ato ja tebja zastrelju«, schrie ihn jemand an. »Halt's Maul, sonst erschieße ich dich.«

Er schluckte. Ein heftiger Tritt in die Magengegend ließ ihn alles um sich herum vergessen. Er krümmte sich vor Schmerzen und versuchte nach oben zu blicken, um zu sehen, wer ihn trat.

Der russische Soldat über ihm schrie, laute, fremdartige Worte, die er nicht verstand. Das ist das Ende, dachte er in stummer Verzweiflung. Sie werden mich jetzt töten und ich werde Anna und Irmgard nie mehr wiedersehen.

Doch sie töteten ihn nicht. Sie durchsuchten den Keller und verschwanden. Nach einer Weile kehrten die Frauen zurück, weinend, einige von ihnen verletzt. Die Soldaten waren weitergezogen. Die Tür des Kellers stand weit offen und oben herrschte Stille, doch lange wagte es keiner von ihnen, den Keller zu verlassen.

Es war Albert, der sich schließlich erhob und nach draußen ging. Die Sonne schien nach den Tagen in Dunkelheit viel zu grell und er blinzelte und schloss die Augen, bis sie sich an das Licht wieder gewöhnt hatten. Beinahe glaubte er schon, seine Sinne spielten ihm einen Streich.

Es war Frühling geworden, sogar in diesem schrecklichen, entsetzlichen Jahr 1945, das für viel zu viele den Tod bedeutet hatte, war der Frühling wiedergekommen, hatte sich nicht aufhalten lassen von den schrecklichen Ereignissen der Weltgeschichte.

Die warmen Sonnenstrahlen kitzelten Alberts Haut, längst vergangene Gerüche nach Blüten, nach Gras und nach Frühling wehten in seine Nase und in seinen Ohren hörte er Vogelgezwitscher.

Langsam öffnete er seine Augen und konnte kaum glauben, was er sah. Der ganze Straßenzug bestand nur noch aus Ruinen, doch über ihnen tanzten die Schmetterlinge. Gras und Unkraut wucherte über den zerstörten Steinen und der kaum erträgliche Gestank nach Schießpulver und Verwesung wurde überlagert vom lieblichen Duft von Blumen. Albert blickte vor sich auf den Boden.

Klee wuchs dort, eine Vielzahl kleiner, perfekter Blätter, seit ihrer Entstehung nach dem immer gleichen Bauplan. Was immer der Mensch der Welt und sich selbst anzutun im Stande war, den Lauf der Zeit konnte er nicht aufhalten. Auf jeden Winter folgte ein neuer Frühling, dieses Gesetz blieb unumstößlich. Kein Krieg der Welt, keine Bombe konnte daran etwas ändern.

Albert schloss seine Augen wieder und atmete tief ein und aus. Ein ungekannter Frieden überkam ihn, die Angst, die Erschöpfung, die haltlose Verzweiflung, die sich seiner in den letzten Wochen und Monaten bemannt hatten, fielen von ihm ab und hinterließen ein angenehmes Gefühl der Schwerelosigkeit.

Er hatte überlebt. Was auch immer hinter ihm lag, er hatte es überlebt, die Hölle von Breslau, die so viele Tote gefordert hatte, der Vernichtung durch den Krieg entgangen.

Und jetzt würde er gehen, den langen Weg zum Bodensee, um endlich mit seiner Familie wiedervereint zu werden.

Als er durch die Stadt ging, hatte er das Gefühl, als sähe er alles zum ersten Mal. Die Straßenlaternen an den Straßenecken, die blinden Fensterscheiben, die herumliegenden Trümmer. Soldaten eilten durch die Straßen, alle in russischer Uniform, doch keiner von ihnen schenkte Albert Beachtung. Es dauerte eine Weile, bis er sich orientieren und den richtigen Weg in die alte Wohnung einschlagen konnte. Jeden Schritt, den er tat, erlebte er ganz bewusst. Erst später, viele Jahre später, würde er wissen, dass er sich auf diesem Gang von Breslau verabschiedete. Das Breslau, in dem er gelebt, in dem er geheiratet und seine Tochter großgezogen hatte, existierte nicht mehr und würde auch nie mehr zurückkehren. Sein Schicksal würde ihn an einen anderen Ort führen, weit fort von hier, bis die Zeit den gnädigen Mantel des Vergessens über die jüngsten Erinnerungen der Stadt gebreitet hatte.

Die Freundlichkeit der Maisonne stand in heftigem Kontrast zu dem Ausmaß der Zerstörung. Es schien, als gäbe es kein Haus in der ganzen Stadt, das nicht beschädigt worden war. Die Menschen, denen er begegnete, wirkten, wie er, zu klein für die Bürde, die das Schicksal ihn auftrug. An einer Straßenecke begegnete er einer Frau, die von außerhalb der Stadt zu kommen schien. Erst dachte er, sie zöge ihre Habseligkeiten hinter sich her auf einem Kinderkarren, doch dann ruckelte der Wagen über einen Stein und ein winziges Ärmchen kam unter den Decken zum Vorschein. Die Frau zog ihr totes Kind auf einem Wagen durch eine Stadt, die ihren Herzschlag verloren hatte. Als sie Alberts Blick bemerkte, sah sie ihn erst an, dann durch ihn hindurch. Obwohl sich Albert vor der Antwort fürchtete, fragte er: »Wer hat das getan?«

Sie sah ihn an, ihr Blick vom Schmerz getrübt, und sagte: »Die Diphtherie, die Cholera, wer weiß das schon. Sie wütet draußen in den Trecks und Lagern, doch es heißt, hier wäre es wieder sicher. Wo sollen wir denn auch hin?«

Ohne weiter auf Albert zu achten, zog sie ihren Wagen weiter, zurück in die Stadt, die einmal ihr Zuhause gewesen war und auch Albert setzte seinen Weg fort.

Vor einem mehrstöckigen Haus saß ein alter Mann und starrte mit entrücktem Blick in das Leere. Als er Albert näherkommen sah, hob er den Kopf und murmelte etwas Unverständliches, das Albert erst verstand, als er schon an ihm vorbei war.

»Jetzt können sie wiederkommen, jetzt, wo die Braunröcke weg sind«, sagte der alte Mann. Er meinte wohl seine Familie und mit wehem Herzen dachte Albert darüber nach, ob dieser Mann überhaupt noch eine Familie hatte, die zurückkehren konnte.

Er rechnete nicht damit, dass das Haus, in dem sich seine Wohnung befand, noch stand, umso erstaunter war er, als er feststellte, dass er sich getäuscht hatte. Das Haus war zwar beschädigt, ein Teil des Treppenhauses lag nun im Freien, doch die Wohnung selbst war nahezu unversehrt. Dicker Staub lag über allem und der modrige Geruch eines Ortes, an dem nichts mehr geschieht außer dem Verrinnen der Zeit. Hier lebte niemand mehr.

Albert ging in das Schlafzimmer, auf dessen Bett noch die Tagesdecke lag, die Anna am Morgen ihrer Flucht wie an jeden Morgen darüber gebreitet hatte, und zog seinen Koffer unter dem

Bett hervor. In seinem Schrank hingen noch die Hemden, die Anna für ihn gestärkt hatte. Er legte ein paar in den kleinen Koffer, gemeinsam mit einer zweiten Hose, Unterkleidung und einer Jacke sowie einigen Unterlagen und Dokumenten, alles, was offiziell von seinem Leben und dem seiner Familie zeugte.

Als er den Koffer schloss, ließ er seinen Blick durch die Wohnung schweifen. Vor seinem inneren Auge verschwand der Staub, und das Leben kehrte zurück, er konnte Irmgard lachen hören und fast lag der Duft von Annas frischem Apfelkuchen in der Luft. Doch der Eindruck verschwand so schnell, wie er gekommen war, und zurückblieb nur die leere Wohnung.

Albert griff seinen Koffer und verließ die Wohnung. Vor dem Haus wusch er sich Gesicht und Hände an dem Wasserhahn im Hof, dann ging er durch den lauen Maiabend hinaus aus Breslau, ohne sich noch einmal umzusehen.

Schweidnitz, 9. Mai 1945

»Vorbei, vorbei, der Krieg ist aus«, schrien die Menschen in der kleinen Stadt Schweidnitz, die wie durch ein Wunder nahezu verschont geblieben war von Bombeneinschlägen.

»Der Krieg ist aus, es ist vorbei, der Krieg ist vorbei!« Auf den angestrengten Gesichtszügen malte sich zum ersten Mal seit langer Zeit wieder Hoffnung ab, obwohl man auch in Schweidnitz die schrecklichen Geschichten über die russischen Soldaten kannte und die Zukunft mehr als ungewiss war.

Auf dem Weg hierher hatte sich Albert abseits der Wege gehalten, im Wald kannte er sich gut aus, und hatte so die Panzer der Russen nur von Weitem gesehen. Einmal war ihm eine Gruppe deutscher Kriegsgefangener begegnet, die man in Richtung Osten trieb, der größte Teil von ihnen noch halbe Kinder.

Der Hunger in seinem Magen war so quälend, dass er sich unterwegs von Löwenzahn, Bucheckern aus dem letzten Herbst und sogar Baumrinde ernährt hatte, nun schmerzte ihn der Hunger so sehr, dass er keinen Schritt mehr weitergehen konnte.

Es war gerade Mittagszeit und die Kirchenglocken läuteten, als er den Marktplatz von Schweidnitz erreichte, wo die schönen Gründerzeithäuser standen und die Menschen zusammenliefen, um über die Neuigkeit zu diskutieren.

»Ist es wirklich wahr? Der Krieg ist vorbei?«

»Sie haben kapituliert, es gibt keine Kämpfe mehr. Berlin ist gefallen, Hitler ist tot. Es ist vorbei.«

Die Nachricht war von solcher Bedeutung, dass Albert beobachten konnte, wie schwer sich viele damit taten, sie zu verarbeiten und auf den Gesichtern der ersten breitete sich allmählich die Sorge aus, was die Zukunft bringen würde.

»Sie stellen uns unter russische Besatzung«, klagte einer.

»Das ist doch längst passiert!«, schrie ein anderer. »Die Frage ist nur, was jetzt kommt.«

»Auflösen werden sie uns. Von uns bleibt kein Fleckchen mehr, Hitlers großes Reich, alles dahin.«

»Auflösen? Was sollen sie denn auflösen? Was sollen wir Deutsche denn werden?«

Ein älterer Mann mit krausem und wildgewachsenem Bart, der sich wie Albert bisher zurückgehalten hatte, sagte: »Polen.« Niemand hörte auf ihn, doch nur wenige Wochen später stand fest, dass nicht nur Schweidnitz, sondern auch Breslau und viele andere Städte in Zukunft polnische Namen tragen würden. Als die Diskussion zu hitzig wurde, stand Albert auf und ging weiter. Er wollte sehen, ob er auf einer der Ausfallstraßen einen Hof finden konnte, wo man ihm etwas zu essen gab.

Der erste Hof, den er ansteuerte, sah aus, als habe er einst gute Zeiten gesehen, sei nun aber vernachlässigt. Eine Bäuerin, vor der Zeit gealtert, stand vor dem Haus und fütterte eine mickrige Hühnerschar.

»Was willst du?«, fuhr sie Albert misstrauisch an, als er näherkam.

»Ich kann arbeiten«, sagte er. Sie musterte ihn kritisch.

»Viel ist ja an dir nicht dran. Aber meinetwegen. Wenn du die Kühe gemolken hast, darfst du in die Küche kommen und dir etwas holen.« Sie wies mit dem Kopf zum Stall und sah Albert mit verschränkten Armen nach, als er in den Stall ging.

Hier herrschte dampfende Wärme. Der Geruch nach Vieh war so intensiv, dass ihm schwindelte. Albert hatte noch nie im Leben eine Kuh gemolken. Er nahm sich einen Schemel, der wohl zu diesem Zweck bereitstand, und begann, der leise muhenden Kuh, die Euter zu massieren, doch nichts geschah. Die Kuh wurde unruhig.

»Himmel, so wird das nichts. Was bist du? Ein Beamter? Ein Schreiberling?«, rief die Bäuerin, die unbemerkt hereingekommen war und ihn beobachtete.

»Geh, ich zeige es dir.« Sie vertrieb Albert vom Schemel und setzte sich selbst darauf. Mit kräftigen und geübten Handgriffen ließ sie die Milch in den dafür vorgesehenen Eimer platschen.

Als sie fertig war, hielt sie den Eimer Albert hin. Er setzte die warme Milch an die Lippen und trank in tiefen Zügen, bis sein vom Hunger strapazierter Magen zu rebellieren drohte.

Die Bäuerin beobachtete ihn dabei und konnte sich angesichts seiner gierigen Schlucke ein Lächeln nicht verkneifen.

»Na, jetzt aber rasch ein wenig Brot, sonst wird dir schlecht«, meinte sie fürsorglich und nahm Albert mit in die Küche.

Sie stellte ihm Brot, Käse und etwas Suppe vom Vortag hin und Albert verschlang alles mit großen Bissen. Nie zuvor hatte ihm ein Mahl so köstlich geschmeckt wie jetzt.

»Wo kommst du her?«, fragte die Bäuerin ihn. Ihr Tonfall war nun deutlich freundlicher, das Misstrauen aus ihren Augen war verschwunden.

»Breslau«, sagte er zwischen zwei Bissen. Die Frau erblasste sichtlich. Längst war Breslau zum Symbol für die schrecklichsten Seiten des Kriegsendes geworden.

»Schlimm war es, wie sie die Frauen im Januar fortgejagt haben. Bis sie hier waren, war die Hälfte schon tot. Ihre Kinder haben sie links und rechts des Wegs in den Schnee geworfen, noch im April haben wir sie beerdigt, die armen Würmer. Ganz verkrampft waren die Händchen, die kleinen Münder verzerrt wie bei einem letzten Schrei. Wer tut so etwas? Die Frauen und Kinder bei Minusgraden in den Schnee jagen? Einige hatten noch nicht einmal Jacken an«, sagte sie und ihr Blick wanderte an ihm vorbei hinaus in den Schnee.

»Drei Jahre ist mein Mann schon fort, ich glaube, er kommt nicht mehr. Sie sagen, die Männer gehen jetzt alle in Kriegsgefangenschaft, doch wir wissen alle, was die Russen mit ihnen anstellen werden. Er kommt nicht mehr. Meinen Wilhelm haben sie mir auch zusammengeschossen, gleich im ersten Jahr. Ich weiß nicht mal, wo er begraben liegt.« Sie hob die schwielige Hand an die Augen, als müsse sie ihre Tränen verbergen, dann ließ sie sie wieder sinken.

»Ganz allein war ich mit meiner Luise, so ein gutes Kind, geholfen hat sie mir, ganz tapfer, tagein, tagaus.«

Sie nahm die Schürze hoch und diesmal tupfte sie sich wirklich Tränen fort.

»Angefleht habe ich die Iwans, dass sie sie gehen lassen sollen, dass sie noch ein Kind ist, doch sie haben nicht gehört. Als sie sie mir brachten, war sie schon tot. Jetzt liegt sie dahinten auf der Wiese begraben, neben dem Baum, unter dem sie so gern saß. Ich bringe es nicht fertig, sie auf dem Kirchhof bestatten zu lassen, **so** ist sie wenigstens in meiner Nähe.«

Albert ließ den Brotkanten, von dem er gerade einen herzhaften Bissen genommen hatte, sinken und sah die Frau an. Sie versuchte sich in einem traurigen Lächeln, als er es bemerkte.

»Gewarnt haben sie uns. Sie haben immer gesagt, wenn der Iwan erst kommt, dann wird es schlimm für uns, wegen dem, was wir dem Iwan drüben angetan haben, und genau so war es dann auch, doch dass sie mir mein Kind nehmen, dass doch keinem was getan hat, sie konnte doch nichts dafür, aber so ist es wohl, so geht es zu in dieser Welt.« Sie ließ die Hände sinken und ordnete ihre Schürze.

»Es heißt, dass bald die Polen kommen. Dass sie alles nehmen, unsere Häuser, alles, was wir besitzen. Aber bis sie kommen, bleibe ich hier, wo soll ich auch sonst hin.«

Sie sah Albert an.

»Wo gehst du hin?«

»An den Bodensee. Nach Konstanz. Dort wartet meine Frau auf mich mit meiner Tochter. Sie sind schon vorgegangen.«

Die Bäuerin blinzelte. Er wusste, was sie dachte, doch er wollte nicht, dass sie es aussprach. Abrupt stand er auf und bedankte sich für das Essen.

»Du kannst bleiben, wenn du willst, hier auf der Küchenbank schläft es sich ganz angenehm. Dann bin ich nicht so allein im Haus, falls sie...«

Die Stimme der Bäuerin brach ab.

»Ich muss weiter«, sagte Albert.

Sie zuckte mit den Achseln.

»Da, stecke dir Proviant ein«, sagte sie und hielt ihm etwas von dem Brot hin, das Albert gerne annahm.

Trautenau, 11. Mai 1945

Den Wäldern, die nie Ziel der Bomben gewesen waren, wohnte in jenen Mainächten ein Zauber inne. Wenn Albert nach dem Sonnenuntergang, der jeden Tag ein wenig später einsetzte, nach einem Lagerplatz suchte, dann saß er manchmal ganz still im weichen Moos und lauschte den vielfältigen Geräuschen des frühsommerlichen Waldes. Seiner Seele erschienen sie lieblicher als jedes Konzert, das er in seinem Leben gehört hatte, denn sie sangen vom Leben, vom Sieg des Lebens über den Tod und er konnte sich nicht satthören an ihnen.

Noch vor dem Morgengrauen war er wach und lief den ganzen Tag. Der Proviant der Bäuerin war reichlich, und so traf er am Vormittag des 11. Mais, in Trautenau, dem Tor zum Riesengebirge ein, das bereits im Sudetenland lag.

Er kam an einem einsam gelegenen Hof vorbei und wollte um Essen bitten, doch ein wütender Hund kläffte ihn an und ein Mann kam humpelnd und schimpfend hinausgelaufen.

»Verschwinde, du deutscher Schweinehund«, schrie er. »Eure Zeit ist um. Hast du es nicht gehört? Wir haben es euch gezeigt, in Prag, niedergemacht worden seid ihr.« Er schüttelte die Faust und jagte Albert davon.

Albert ging weiter und kam zu einer Hütte, vor der eine alte Frau mit tiefen Falten im Gesicht Kartoffeln schälte. Erst tat sie so, als verstehe sie ihn nicht, dann winkte sie ihn heran.

»Es ist nicht gut, wenn sie wissen, dass du Deutscher bist«, sagte sie, als sie ihm einen Platz neben sich anbot und und etwas Brot gab.

»Sie sind nicht gut auf die Deutschen zu sprechen, nicht erst seit Hitler und dem allen. Die Geschichte weit reicht zurück. Jetzt ist die Stunde der Tschechen, heraus haben wollen sie alle Deutschen hier aus dem Sudetenland, weiter im Südwesten haben sie schon begonnen, in Jungbunzlau haben sie die Bauern ohne alles von ihren Feldern vertrieben, nur, was sie am Leibe trugen, durften sie mitnehmen.«

»Was ist mit Ihnen?«, fragte Albert.

»Ich? Ich bleibe hier. Wohin soll ich auch gehen? Das hier ist meine Heimat, hier war ich immer, hier werde ich immer sein. Den, der mich von hier vertreibt, den will ich sehen.«

»Lege dich hinten in die Scheune und schlaf. Morgen früh kannst du mir mit dem Vieh helfen, ich habe genug zu tun. Dann gebe ich dir noch was und dann schau, dass du fortkommst. Hier ist es nicht gut für einen wie dich.«

»Was ist in Prag passiert?«, fragte Albert.

Sie runzelte die Stirn.

»Ich habe es auch nur gehört, gestern, auf dem Markt. Die Tschechen haben dort das Radio auf Tschechisch gesendet, den ganzen Tag, und wie es die Leute gehört haben, die Tschechen, da sind sie auf die Straße und haben sich gegen die Männer von der Waffen-SS gestellt, obwohl es hieß, jeder wird erschossen. Jetzt feiern sie sich als die Helden.«

Ihr Blick verdunkelte sich.

»Als hätten wir hier nicht genug Krieg und Konflikt gesehen. Seit ich denken kann – und das ist eine Weile – streiten sie sich. Mein Mann, der war Tscheche, singen konnte er, wie eine Lerche, zum Glück war er schon tot, als die Nazis wiederkamen. Uns ging es doch gut nach 1918, das hat er auch gesagt, und jetzt?«

Sie schüttelte den Kopf.

»Immer geht es so weiter, der eine teilt aus, der nächste rächt sich und Frieden, Frieden gibt es nicht, weil lauter dumme, eigennützige Männer bestimmen.«

Sie fuchtelte so heftig mit dem Messer in der Luft herum, dass Albert schon fürchtete, sie könne ihn verletzen. Er dachte noch lange über ihre Worte nach, als er im letzten Heu des vergangenen Jahres in der Scheune lag.

Der direkte Weg nach Konstanz führte mitten durch das Sudetengebiet. Wenn es stimmte, was die Frau sagte, dann war es besser, einen großen Bogen um das Sudetengebiet zu machen, wollte er heil in Konstanz ankommen. Das bedeutete, dass er sich seinen Weg kreuz und quer durch das Erzgebirge Richtung Westen suchen musste, was beschwerlich und auf andere Weise gefährlich war. Bislang hatte er sich an der Sonne und den großen Straßen orientiert, im Wald würde es anders sein. Wovon sollte er leben? Was sollte er essen?

»Es wird schon gut gehen«, dachte er und schloss die Augen. Er dachte an Anna und Irmgard, die er wohlgenährt und gutgekleidet an einem Kaffeetisch sitzen saß, irgendwo, weit weg, in Sicherheit. Er würde nicht aufgeben.

Reichenberg, 12. Mai 1945

Den richtigen Weg nach Südwesten zu finden erwies sich
schwieriger als gedacht. Im Wald verlor Albert immer wieder
seine Orientierung und dann schlug auch noch das Wetter um.
Am Nachmittag zog eine dunkle Wolkenfront auf und kurz
darauf wütete ein Gewitter. Er hatte sich immer an den
Berghängen gehalten, wo die Wanderwege gut ausgebaut waren
und er sich nur hin und wieder verstecken musste, je nachdem, in
welchem Gebiet er sich befand. Mal waren es tschechische
Milizen, mal versprengte Deutsche, mal russische Soldaten, doch
nun schien es, als wolle ihn sein Glück verlassen. Regen fiel in
dicken Tropfen auf den von der vielen Sonne ausgetrockneten
Waldboden, bildete Rinnsale, die rasch anschwollen und nicht
nur die Wege überfluteten, sondern auch Erdreich und Zweige
mit sich hinunter in die Täler rissen. Bald wurden sie zu
Sturzbächen, der Himmel schien alle seine Schleusen geöffnet zu
haben und Blitze zuckten zwischen den tiefschwarzen Wolken,
gefolgt von ohrenbetäubendem Donnergrollen.

Albert lief durch den Wald, panisch, dass er durch die Bäume
ein zu wahrscheinliches Ziel für einen Blitz sein könnte und
verfluchte alles, was ihm in den Sinn kam. War er so weit
gekommen, nur um jetzt hier in einem Gewitter zu sterben? Der
Donner rumorte in seinen Ohren und fuhr ihm in den Magen, er
fühlte sich, als sei er wieder in Breslau, im nächtlichen
Bombenhagel.

Endlich, nach einer gefühlten Ewigkeit, fand er einen Felsvorsprung, unter den er schlüpfen und das Gewitter abwarten konnte. Es tobte die ganze Nacht und er machte kein Auge zu, fror in seinen nassen Kleidern und kämpfte gegen seine Angst.

Erst am frühen Morgen verzog sich das Gewitter und Albert kam vorsichtig aus seinem Versteck hervor. Der Himmel war klar wie ein frischgewaschenes Tischtuch und in der Luft lag eine Frische, die köstlich in den Lungen schmeckte.

Er streckte sich und holte tief Luft. Zum zweiten Mal in kurzer Zeit hatte er das Gefühl, so eben neugeboren worden zu sein. Warum nur stellte ihn das Leben immer wieder vor solche Prüfungen? Er beschloss, die Erörterung auf diese Frage auf einen späteren Zeitpunkt zu verschieben. Vorerst trieb ihn der Hunger in das Tal, auch wenn er wusste, dass dort die Gefahr viel größer war, jemandem in die Hände zu fallen.

Eine Weile drückte er sich am Waldrand herum und beobachtete, wie eine junge Frau in einem Garten Wäsche aufhing. Als sich nach über einer halben Stunde niemand außer einigen Kindern außerhalb des Hauses gezeigt hatte, beschloss Albert, sein Glück zu wagen und ging auf das Haus zu.

Als die Frau ihn näher kommen sah, scheuchte sie die Kinder mit aufgeregten Rufen in das Haus. Sie sprach Tschechisch. Albert stellte seinen Koffer ab und hob die Hände, um ihr zu zeigen, dass er nicht bewaffnet war.

»Hunger«, sagte er. »Ich habe nur Hunger, ich tue Ihnen nichts.«

Die Frau beäugte ihn. Ihr Hof lag so abgelegen, dass es möglich war, dass sie bisher von den durchziehenden Truppen verschont geblieben war.

»Ich tue Ihnen nichts«, wiederholte Albert hilflos und mit wachsender Verzweiflung und ließ die Schultern hängen. Diese Geste schien die Frau zu erweichen, sie neigte den Kopf und ein Lächeln deutete sich in ihren Zügen an. Erst jetzt sah er, wie jung sie noch war, vermutlich jünger als Irmgard.

Sie nickte. Er kam näher und sie bedeutete ihm, vor dem Haus zu warten. Ihr Blick musterte seine abgerissene und durch den Marsch durch das Gewitter zusätzlich ramponierte Kleidung und ein Hauch von Mitgefühl wanderte über ihr Gesicht. Sie verschwand im Haus und kam kurz darauf mit etwas Milch und eingeweichtem Brot zurück.

Ihr Kinn wies in Richtung des Tals, nach Reichenberg hinein.

»Du gehst da besser nicht hin. Sie warten nur auf dich. Sie erschlagen die Deutschen, wo sie sie finden. Es gibt jetzt eine Tschechische Republik. Sie haben es im Radio gesagt.«

Sie sprach mit starkem Akzent, aber in einwandfreier Grammatik. Albert schlang das Brot hinunter. Beim Gedanken sich noch tiefer in das Gebirge, in die Wälder mit ihren unvorhersehbaren Wetterumschwüngen, mit ihren Schluchten, Steinschlägen, wilden Tieren und Abhängen zu schlagen, überkam ihn ein Gefühl von Angst, das er nur mühsam niederringen konnte. Doch was blieb ihm übrig? Zurück konnte er nicht, es gab kein Zuhause mehr, dort, wo er herkam und vor ihm warteten Anna und Irmgard und ein neues Leben, in Frieden, ohne Krieg, an einem neuen Ort.

Nach diesem Gespräch schlug sich Albert weiter nach Westen durch, auf die andere Seite des Erzgebirges, auf jenes Gebiet, das bereits vor 1938 zu Deutschland gehört hatte. Nur zwischen Warnsdorf und Reinhardtsdorf-Schönau marschierte er noch einmal durch tschechisches Gebiet, weil er sonst einen viel zu großen Umweg hätte in Kauf nehmen müssen.

Bei Schwandorf, 18. Juni 1945

Albert wusste nicht genau, ab wann er den russischen Einflussbereich verlassen hatte, so sehr achtete er darauf, sich von Siedlungen und vor allem von großen Straßen fernzuhalten, doch je weiter in Richtung Westen er gekommen war, schien es ihm, als schwoll der Treck von Wandernden täglich an. War er bei Breslau nur wenig Vertriebenen begegnet, die auf der Flucht vor den herannahenden Russen waren, so schien nun alles und jeder auf den Straßen unterwegs zu sein, um zu entfernten Verwandten zu kommen, wo man hoffte, andere Familienangehörige zu treffen. Albert unterhielt sich mit ihnen, wenn er auf den Bauernhöfen nach Arbeit fragte, fast jeder hatte eine ebenso traurige wie unglaubliche Geschichte zu erzählen, von Ausbombung, Vertreibung, von Flucht und sogar Desertation.

»Das Schlimmste, was ich gesehen habe«, verriet ihm ein junger Soldat, den er abends in einer Scheune traf, als gerade wieder ein Gewitter aufzog, und der aus Gewohnheit immer eine

Pfeife im Mundwinkel trug, in der schon lange kein Tabak mehr brannte, »waren die Märsche. Es war, als seien die Toten auferstanden. Ich habe nie gewusst, dass Menschen so abmagern können und immer noch aufrecht stehen.

»Ende April war das, bei München, da gab es ein Lager. Da haben sie sie zusammengepfercht, wie Vieh, und noch schlimmer. Es heißt, sie hätten sie mit Gas ermordet und dann verbrannt. Als sie hörten, dass die Russen auf der einen Seite und die Amis auf der anderen stehen, da haben sie die, die das alles überlebt hatten, zusammengetrieben und in Richtung Tirol getrieben, weil es hieß, dort, in der Alpenfestung, da würde dem Feind getrotzt werden. Geprügelt haben sie sie und wenn die Leute aus den Häusern gekommen sind, um diesen elenden Gestalten wenigstens einen Kanten Brot zu geben, haben sie sie weggeschlagen. Nie habe ich so etwas gesehen oder für möglich gehalten. Krieg ist Krieg, mein Vater war im Krieg, davon hat er immer erzählt, aber was da geschieht, das ist Unrecht, dafür halte ich meinen Pelz nicht hin. Da habe ich zu meinem Kameraden, dem Jakob, gesagt, wir gehen, wir hauen hier ab. Erst wollte er nicht, denn darauf stand Erschießung, doch ich habe ihn gefragt, wer uns denn noch richten wolle? Die fliehen doch alle wie die Hasen, nach Süden, nach Tirol, in die Alpen, die halten sich doch nicht mit uns auf. Angst hat er gehabt, vor der Kriegsgefangenschaft, aber wir haben einfach die Uniform ausgezogen und bisher hat uns keiner belangt. Heim ist er, nach Regensburg, dort ist es schön, einen Dom gibt es da, der ragt bis in den Himmel.«

Albert erinnerte sich an die Begegnung, die er vor vielen Jahren mit Irmgard im Wald gehabt hatte und eine schreckliche Kälte rührte an sein Inneres. Wie hatte aus etwas so Gutem in so kurzer Zeit etwas so Schlechtes entstehen können.

»Sie hätten die Monarchie nie abschaffen dürfen«, murmelte er. »Die Menschen sind einfach noch nicht so weit.«

»Drüben in Amerika funktioniert das prächtig. Mein Vetter hat rübergemacht, schon vor dem Krieg, der hat das gerochen, dass da was kommt, der lebt jetzt in Chicago und es geht ihm richtig gut. Schafft in einer Fabrik, hat ein eigenes Haus und mit dem ganzen Mist hier nichts am Hut. Der hat es richtig gemacht.

Albert lächelte wider Willen.

»Wie alt bist du?«, fragte er den jungen Mann, während irgendwo in der Ferne der Donner grollte.

»19 Jahre, zwei Monate und einen Tag«, antwortete dieser stolz und grinste.

»Ich gehe jetzt nach Bayreuth, da wartet mein Liebchen auf mich und dann wird geheiratet.«

Er klatschte in die Hände und lachte.

»Wo gehst du hin?«

Albert hob den Blick und ließ ihn über die Wiese wandern, auf der das Gras hoch und saftig stand. Wohlig streckte er seine vom Gehen schmerzenden Füße aus und sagte: »Nach Hause. Dahin, wo meine Familie auf mich wartet.«

In der Nähe von Landshut, 20. Juni 1945

An manchen Tagen auf der Straße kam es ihm vor, als sei ganz Europa auf den Beinen, lauter halb verhungerte, abgerissene Gestalten, Vertriebene, Geflüchtete, ehemalige Zwangsarbeiter, Soldaten, manchmal Kinder ganz allein, die die Straßen nach Westen, Süden, Norden bevölkerten. Manche von ihnen schleppten sich mehr voran, als dass sie gingen, sie alle angetrieben von nur einem einzigen Wunsch: nach Hause zu kommen. Sie lebten von dem, was sie entlang des Weges fanden oder was ihnen die Bauern gegen einige Stunden Arbeit überließen, doch genug war es nie. Tagsüber brannte die Sonne, nachts kroch die Kälte in die dürftigen Nachtlager, die sie sich bauten, und in denen sie sich von den Flöhen zerbeißen ließen.

Albert wusch sich, so gut er konnte, an Seen in den Wäldern oder an Brunnen, doch seine Kleidung trug er nun schon eine ganze Weile. Wild wuchs sein Bart, seine Schuhe hatten Löcher und die Haut seines Gesichts war tief gebräunt. Längst hatte eine dicke Schicht Hornhaut die Blasen an seinen Füßen abgelöst und der Schrecken von Breslau verblasste nach und nach in seiner Erinnerung. Sein ganzes Denken war nur auf das ausgerichtet, was vor ihm lag: Wie komme ich nach Konstanz? Sein Gepäck war seit diesem Morgen noch ein wenig leichter geworden.

Albert hatte die Nacht in einer verlassenen Jagdhütte verbracht. Spät in der Nacht hatte es an der Tür geklopft und zwei Männer standen vor der Tür, so abgerissen wie er selbst, doch in den

Gesichtern der gehetzte Ausdruck gejagter Tiere, die Wangen hohl, die Lippen aufgesprungen. Wortlos hatten sie sich hineingedrängt, Albert dachte kurz darüber nach, sich einen anderen Schlafplatz zu suchen, doch er war müde und rollte sich einfach wieder zusammen, um weiterzuschlafen. Im Halbschlaf hörte er, wie die beiden sich leise murmelnd unterhielten.

»Der Seiff hat bekommen, was er verdiente. Kapitulieren wollte er, die feige Ratte. Als Regierungsrat die weiße Fahne hängen, nur weil er sich beim Bombenhagel in die Hosen geschissen hat«, sagte der eine.

»Scht, sei vorsichtig, du weißt nicht, wer zuhört. Heute haben selbst die Wände Ohren«, mahnte der andere.

»Was schert es mich?«, gab der Erste zurück und spuckte geräuschvoll aus.

»Ein Feigling bleibt ein Feigling und das eigene Land zu verraten, nur weil man ein Herr Doktor ist und Regierungsrat, das bleibt.«

»Es heißt, Landshut war verloren. Die Amis standen schon vor den Toren.«

»Na und? Weiterkämpfen hätten sie sollen, so wie an anderen Orten. Hast du von Breslau gehört? Von Berlin? Da ist keiner eingeknickt, da haben sie gekämpft bis zum Schluss, auch in den Alpen, da haben sie den Froschfressern und den anderen Hundesöhnen ordentlich Dampf gemacht. Als Deutscher kapituliert man nicht, man kämpft und nimmt noch so viele mit, wie geht.«

»Er hat dafür bezahlt. Sie haben ihn gehängt.«

»Richtig so. Und so wie ihm sollte es allen gehen, die ihre Fähnchen aus dem Fenster hängen, einen eigenen Kreis der Hölle soll es für diese Verräter geben. Wozu haben wir uns in Frankreich und in Russland den Arsch wegschießen lassen? Dass die feinen Herren uns beim ersten Furz verraten?«

»Sei doch still! Willst du gehenkt werden? Wenn schert es schon? Es ist vorbei, alles vorbei, eine neue Zeit steht an und jeder muss schauen, wie er überlebt. Es zählt nicht mehr, was gestern war, es zählt nicht mehr, was uns der Führer erzählte. Wir können froh sein, wenn wir morgen überhaupt noch ein Land haben, das wir Vaterland nennen dürfen, und eine Fahne, die unsere ist. Was glaubst du, was geschieht, wenn sie uns schnappen? In Kriegsgefangenschaft gehen wir, so viel steht fest.«

»Pah, aber bei den Amerikanern. Das ist wie Urlaub, glaube es mir. Ich habe keine Angst.«

»Dein Wort in Gottes Ohr.«

Albert lauschte noch eine Weile in die Dunkelheit, nachdem das Gespräch verstummt war, bevor ihn der Schlaf übermannte.

Als er am nächsten Morgen erwachte, stand die Sonne bereits hoch am Himmel und sein Koffer war verschwunden. Ihm blieb nur, was er am Leibe trug und die Dokumente, die er zusammengerollt in seiner Manteltasche trug.

Er nahm es nicht schwer. Bis nach Konstanz war es noch weit und mit weniger Gepäck würde er noch schneller dort ankommen.

8.

Konstanz, 05. September 1945

Obwohl es bereits später Nachmittag war, stand die Sonne hoch und hell am Himmel, streckte ihre warmen Strahlen in jede Ecke und verzauberte noch den schlichtesten Platz in einen Ort aus Licht und Wärme. War Albert bisher mit festem Schritt vorangeschritten, schnell und entschlossen seinem Ziel entgegen, so hatten sich seine Schritte, je näher er dem Bodensee gekommen war, verlangsamt, bis er sich mehr schlendernd als gehend fortbewegte. Die Welt an jenem Spätsommertag schien scharf gezeichnet, wie gemacht für Erinnerungen, die ein Leben lang blieben. Jedes Detail, jede Einzelheit sog er in sich auf.

Erst verstand er nicht, welches Gefühl da in seinem Inneren wirkte, doch nach einer Weile erkannte er es lächelnd. Es war die Wehmut, etwas zu verlieren, das man kannte und sich in etwas Neues zu stürzen. Über viele Monate war der Gedanke an Anna und Irmgard das Einzige gewesen, das ihn am Leben hielt, weiter vorwärtstrieb, ihn all das Entsetzliche ertragen ließ, und doch war die Zeit weiter gegangen, hatte die Erde sich gedreht - und auch er selbst sich verändert. Jetzt, so kurz vor dem Ziel, spürte er, wie die treibende Kraft in ihm nachließ, und einer schwindelerregenden Unsicherheit Platz machte. Manchmal war es leichter, sich etwas vorzustellen, als zu ertragen, dass es

Wirklichkeit wurde. So lange war der Weg alles gewesen, was sein Denken, Handeln und Fühlen ausmachte, dass er nicht wusste, was von ihm übrig sein würde, wenn der Weg in Konstanz endete.

Die Ereignisse der letzten Monate hatten einen anderen aus ihm gemacht, der Schrecken im Außen hatte eine neue Welt in seinem Inneren geschaffen und er wusste nicht, wie er diesen Fremden, zu dem er geworden war, seiner Frau und seiner Tochter vorstellen sollte. Was hatten die letzten Wochen und Monate mit ihnen gemacht? Hatten sie alle Strapazen und Gefahren überstanden? Er wagte nicht, sich auch nur vorzustellen, es könnte anders sein, nicht den Hauch einer Möglichkeit wollte er dieser Vorstellung einräumen.

Vögel zwitscherten und der süße Duft des Sommers lag in der Luft, als er über die staubigen Straßen ging. Der Strom der Umherziehenden war geringer geworden, seit er München hinter sich gelassen hatte, nur hin und wieder stieß er auf andere Gruppen mit Bollerwagen, die ihre Habseligkeiten hinter sich zogen, die französischen Soldaten, die an ihm vorbeifuhren, beachteten ihn nicht, die Motoren ihrer Wagen dröhnten laut und ihre Reifen hinterließen hohe Staubwolken, an vielen Stellen hatten schwere Panzerketten die Straßen zerstört und immer wieder fiel ihm auf, dass manche Städte fast zur Gänze zerstört worden waren, während nur einige Kilometer weiter alles unversehrt geblieben waren.

Auf dem Weg an den Bodensee sah er die noch frischen Spuren der Kämpfe. Aus der Zeitung wusste er, dass sich Konstanz friedlich ergeben hatte und deshalb weitgehend vor Zerstörung bewahrt worden war. Französische Soldaten hatten die Stadt ohne Kämpfe besetzt. Die Stadtführung selbst hatte mit den Franzosen verhandelt und Wehrmacht und SS gebeten, sich friedlich zu ergeben. Da die deutschen Kräfte auf 170 Mann zusammengeschrumpft waren, hatten sie schließlich auf Widerstand verzichtet.

Malerisch breitete sich der Bodensee zu beiden Seiten aus, sanft schwangen sich die Hügel und das Meersburger Schloss erhob sich in einiger Entfernung.

Als er durch die Straßen ging, fragte er eine Frau, die einen Wagen voll mit Gerümpel und fauligem Obst hinter sich herzog, ob die Fähre nach Konstanz noch fuhr. Ihr breites Gesicht war von der Sonne verbrannt, das dünne Haar unter einem schmutzigen Kopftuch verborgen. Sie kniff die Augen zusammen und nickte nur, dann zog sie weiter.

Als Albert den Fährhafen erreichte, sah er, dass das Schiff unter französischer Flagge gerade auf die andere Seite übersetzte. Er suchte sich einen Platz im Schatten einer Linde, streifte seine Schuhe ab und schloss die Augen. Auf einige Stunden kam es nun nicht mehr an. Noch bevor dieser Tag vorbei war, würde dieser Teil seines Lebens, das Ausharren in Breslau, das ganze Grauen dort und die lange, elendige Flucht quer durch das zerstörte Deutschland, das wie aus einem

Albtraum erwachend sich seiner selbst gewahr wurde, hinter ihm liegen und er würde ein anderer werden, kein Geflüchteter mehr, sondern jemand, der sich in dieser ungewissen Zukunft seinen Platz suchen musste.

Stunde um Stunde verging, die Sonne wanderte über den Horizont und verlor etwas von ihrer Kraft, während eine wohlige Wärme zurückblieb. Als er eine Gruppe französischer Soldaten in einiger Entfernung ausmachte, streifte er sich seine Schuhe über und ging auf sie zu. Sie musterten ihn abschätzig und es dauerte eine Weile, bis er die Rudimente seines Französisch aus der Erinnerung hervorgekramt und eine Frage formuliert hatte.

»*Quand le ferry arrivera-t-il?*«, fragte er, »wann kommt die nächste Fähre?« Die Soldaten, allesamt sehr jung, wechselten einige irritierte Blicke, dann begannen sie zu lachen.

»*Pas de ferry*«, erklärte einer von ihnen, der eine große Lücke zwischen seinen Schneidezähnen hatte, »hier fährt keine Fähre.«

»Wie komme ich dann nach Konstanz? Meine Frau, meine Tochter, sie warten auf mich...«, fragte Albert. Nachdem er so viele Strapazen überstanden hatte, erschien es ihm wie eine absurde Ungerechtigkeit, dass er nun an den letzten Metern scheitern sollte. Auf einmal fühlte er sich unendlich erschöpft und hatte das Gefühl, nicht einen Schritt mehr machen zu können.

»Heute Abend kommt ein Schiff, ein Militärschiff. Du kannst mitfahren«, sagte die Soldaten und einer bot ihm eine Zigarette an. Albert wusste, dass sein Alter ihnen verriet, dass er nicht im Krieg gekämpft hatte und sie ihn deshalb vermutlich mit Freundlichkeit behandelten. Dankbar nahm er die Zigarette. Als er den Rauch inhalierte, schwindelte ihm, dann setzte ein entrücktes, euphorisches Gefühl ein und er lachte.

»Wo kommst du her?«, wollten die Soldaten wissen.

Albert wies mit dem Kinn in die Richtung, in der er Nordosten vermutete. Die Soldaten nickten nur und rauchten stumm, als könnten sie ermessen, was das bedeutete.

Es dämmerte, als er das Schiff verließ und in Konstanz-Staad wieder an Land ging. Konstanz selbst war nahezu unversehrt, die alliierten Bomben hatten die Stadt wegen ihrer Nähe zur Schweiz verschont und so wirkte das Stadtbild in der einsetzenden Dämmerung, als sei es aus der Zeit gefallen, als gehöre es in eine andere, friedliche Zeit.

Albert fragte sich zum Haus seiner Schwester durch. Er hörte die Frauen, bevor er sie sah. Sie saßen vor dem Haus, vor ihnen wehte weiße Wäsche im Wind und ihr Gelächter drang zu ihm. Nie hatte er einen lieblicheren Klang gehört und wieder wusste er nicht, wie ihm geschah. Er blieb stehen, mitten auf der Straße und ließ das Gefühl durch sich hindurchströmen. Ein glucksendes Geräusch stieg aus den Tiefen seines Körpers hervor, das er erst nach einigen Augenblicken als Lachen erkannte, doch als er begriff, was da vor sich ging, dass er zum ersten Mal seit Wochen wieder lachte, da ergriff das Lachen ganz und gar die Kontrolle über ihn, bis es ihn schüttelte.

»Papa?« Er hörte Irmgard rufen und da kam sie auf ihn zugelaufen, zwischen der wehenden weißen Wäsche, seine Tochter, älter, erwachsener als in seiner Erinnerung, doch zweifellos seine Irmgard, und hinter ihm, ein wenig schüchterner, zweifelnder, Anna, die ihn aus großen Augen ansah.

»Es ist Papa, Mama, sieh doch nur, er ist es wirklich, Papa ist gekommen!« Irmgards Jubel hallte über die Straße und dann war sie heran, griff nach seinen Händen, umarmte und herzte ihn und Albert wusste, die Dunkelheit lag endgültig hinter ihm.

»Du bist gekommen, du bist wirklich gekommen«, sagte Anna, der die Tränen in den Augen standen.

»Natürlich bin ich gekommen, was hast du denn gedacht?« Er drückte Irmgard und Anna und hielt sie fest, als wollte er sie nie wieder loslassen. Irmgard und Anna waren bemüht, sich nicht anmerken zu lassen, wie sehr sein Anblick sie erschreckte. Bis auf die Knochen abgemagert, Bart und Haare lang, die Wangen eingefallen und das Gesicht um Jahrzehnte gealtert, sah Albert aus wie ein Greis.

Als sie einige Zeit später am karg gedeckten Abendbrottisch saßen, bemerkte Albert, dass die Welt ihre scharfen Konturen verlor, sich alles in ein wohliges, warmes Einerlei verwandelte.

»Heimat ist, wo das Herz ist«, schoss es ihm durch den Kopf und wieder spürte er, wie ein Lächeln auf seine Züge wanderte. Nie war er erleichterter gewesen, als nachdem er erfahren hatte, dass Irmgard und Anna ihre abenteuerliche Flucht quer durch Deutschland wohlbehalten überstanden hatten und ihnen kein Leid geschehen war. Die Fluchtroute Bodensee, hatte sie alle durch die Wirren der letzten Kriegsmonate, die für so viele Menschen den Tod bedeutet hatten, die so viel Elend und Leid hervorgebracht hatten, sicher hierher nach Konstanz geführt, wo sie sie sicher und gesund beieinander waren. Vor ihnen lag die Zukunft, hell und leuchtend und unbeeindruckt vom Dunkel, das sie hinter sich gebracht hatten.

Meersburg, 18. August 1951

Gelangweilt zählte Irmgard die Mückenstiche auf ihren Beinen, während sie im Schatten der Bäume am Ufer.

»Kommt die Fähre bald?«

Ihre Mutter legte eine Hand über die Augen und versuchte über die flimmernden Lichtreflektionen auf dem Wasser vergeblich die Umrisse der näherkommenden Fähre auszumachen.

»Sie verspätet sich«, stellte sie seufzend fest und setzte sich zu ihrer Tochter in das Gras.

Heute war ein guter Tag für sie gewesen. Schon früh am Morgen waren sie aufgebrochen, um auf den Obstwiesen rund um Meersburg das Fallobst aufzusammeln, dass ihre kargen Vorräte für den Winter mit eingekochtem Kompott und Marmelade auffrischen würde.

Sechs Jahre war der Krieg nun vorbei, doch es mangelte noch immer an vielem. Die ersten Jahre, der erste Winter, war der schlimmste gewesen. Weder Brot noch Kartoffeln hatte es gegeben, oft hatten sie tagelang nur von dünner Kohlsuppe und gekochten Kartoffelschalen gelebt. Der Krieg hatte in Frankreich für Mangel gesorgt und den Hungerwinter 1944 dort besonders hart ausfallen lassen, so dass aus der französischen Besatzungszone, zu der Baden, Württemberg-Hohenzollern, Pfalz-Rheinhessen und Saar gehörten, Vieh und Getreide nach Frankreich gebracht wurde, gefolgt von Unmengen an Holz, das man aus den dichten Wäldern im Südwesten Deutschlands schlug und der Demontage von Industrieanlagen und Werkstätten, damit aus dem verhassten Nachbarn im Osten nie wieder eine Gefahr für Frankreich ausgehen konnte. Für viele Bewohner in Konstanz und den umliegenden Städten hatte die Nachkriegszeit mit neuer Bitterkeit begonnen, in die sich die alten Feindbilder aus der Zwischenkriegszeit mischten. Frankreich blieb verhasster Bruder, mit dem zumindest im Herzen der Frieden schwierig blieb, auch wenn man wusste, dass es den Menschen in der russischen Besatzungszone viel schlechter erging. Erbittert hatten die Arbeiter gegen die Demontagen in den Fabriken gekämpft und zuletzt mit Sabotage zumindest verhindert, dass die Maschinen, an denen sie jahrelang gearbeitet hatten, in Frankreich wieder aufgebaut werden konnte, bis man schließlich 1949 die Demontagen ganz aufgab.

Nachdem die Trümmer Stück für Stück beiseite geräumt worden waren, hatte zwar in den großen Zentren zaghaft ein neuer Aufschwung begonnen, doch am Bodensee war davon noch nicht viel zu spüren. Jeder schlug sich durch, so gut er konnte.

Für die Bewohner der französischen Besatzungszone hieß das, dass sie in der täglichen Versorgung weitestgehend auf sich allein gestellt waren. Das Sammeln von Fallobst war da eine willkommene Abwechslung auf dem sonst sehr einseitigen Speiseplan, der über lange Zeit vor allem durch den Schwarzmarkt und die ausgegebenen Lebensmittel-marken bestimmt wurde.

Irmgard blinzelte in die tiefstehende Sonne. Das Obst, vor allem Pflaumen und Äpfel, verströmte einen schweren, süßen Duft, der sie in der Nase kitzelte und eine angenehme Müdigkeit überfiel sie. Sie streckte sich im Gras und gähnte herzhaft.

»Meine Damen«, ließ sie eine Stimme auffahren. Ihr war nicht bewusst gewesen, dass sie nicht alleine waren. Sie hob den Kopf und konnte im Gegenlicht der Sonne zunächst nur schwarze Umrisse erkennen. Sie setzte sich auf und erkannte nun das überraschend gut aussehende Gesicht eines Mannes, der sie verschmitzt anlächelte. Etwas an diesem Lächeln fuhr ihr direkt in den Magen und ihr Herz setzte ein oder zwei Schläge aus.

»Ein wunderbarer Tag, nicht wahr?« Unaufgefordert setzte er sich neben sie in das Gras, misstrauisch beäugt von Anna, die weiter vorne am Ufer Ausschau nach der Fähre gehalten hatte.

Irmgard nickte stumm, mahnte sich dann aber selbst, sich nicht wie ein Stockfisch zu verhalten.

»Wirklich ein herrlicher Tag«, bestätigte sie, ganz so, als hätte sie den Tag nicht damit zugebracht, heruntergefallenes Obst von den Wiesen zu glauben und sich dabei von den Mücken zerstechen zu lassen, sondern sei vielmehr auf Kaffeefahrt in die Sommerfrische gewesen.

Er schien zu ahnen, was in ihr vorging, denn sein Lächeln wurde eine Spur breiter und Irmgard spürte, wie das flaue Gefühl in ihrem Magen noch zunahm. Eine unbekannte Hitze breitete sich auf ihren Wangen auf und sie senkte rasch den Blick, damit er es nicht bemerkte.

»Kommen Sie aus Konstanz?«, fragte er weiter. Sein Dialekt klang ungewohnt, als käme er nicht von hier, ein wenig Berlinerisch erkannte sie wieder. Sie schüttelte den Kopf.

»Nein, wir sind, also....« Sie brach ab. Sie wusste, wie man über die Flüchtlinge aus dem Osten dachte, die Vertriebenen, die, die ohne Heimat waren, Deutsche und trotzdem Fremde.

»Ich verstehe«, sagte er und es klang, als verstünde er es wirklich, als wisse er, wie es war, an einem Ort zu leben, an dem man nicht geboren war. Er griff in seine Hemdtasche und zog eine Schachtel französischer Zigaretten heraus, von denen er ihr eine anbot, die sie dankend ablehnte. Ihre Mutter war sehr streng, wenn es darum ging, in der Öffentlichkeit zu rauchen. Das gehörte sich nicht für wohlerzogene Frauen. Ohnehin bewachte Anna Irmgard wie ein Kleinod, ließ sie nirgendwohin alleine gehen und erstickte selbst die zaghaftesten Annäherungsversuche möglicher Verehrter bereits im Ansatz, doch angesichts dieses gutaussehenden und gut gekleideten Mannes, der sich da hemdsärmelig zu ihrer Tochter in das Gras gesetzt hatte, wirkte sie hilflos. Sie schnaufte zwar und stemmte die Hände in die Hüften, wie sie es immer tat, wenn sie aufgebracht war, doch statt zu schimpfen, wie sie es sonst bei diesen Gelegenheiten tat, presste sie nur die Lippen aufeinander und beobachtete, was sich da vor ihren Augen abspielte. Irmgard war schön, die hinter ihr liegenden Hungerjahre hatten ihre schlanke Gestalt noch betont und auf ihrem feingeschnittenen Gesicht lag der Ausdruck früh gereifter Ernsthaftigkeit, wie ihn nur Menschen trugen, die vom Leben beizeiten geprüft worden waren, doch Anna war nicht gewillt, ihre Tochter an den erstbesten dahergelaufenen französischen Soldaten oder einfachen Bauern zu vergeben. Dieser Kerl aber, der da im sinkenden Licht der Sonne neben ihrer Tochter saß, war aus einem anderen Holz, das spürte sie. Älter war er als Irmgard, doch besaß er jenen unbekümmerten jugendlichen Charme, der selbst auf Anna seine Wirkung nicht verfehlte. Nur die Falten in seinen Augenwinkeln verrieten, dass sein Lebensweg auch manchen Abgrund überbrückte.

»Was halten Sie von diesen Postkarten?«, fragte er und zog einen kleinen Stapel aus Postkarten aus seiner Jackentasche, die er Irmgard hinhielt. Als sie danach griff, nutzte er den Moment, um unmerklich den Abstand zwischen ihnen ein wenig zu verringern.

Die Postkarten zeigten Konstanz und den Bodensee aus verschiedenen, malerischen Perspektiven, mal mit einem Kirchturm, mal mit vorbeiziehenden Booten, immer aber in Szene gerückt wie für einen Urlaubskatalog.

»Sie sind toll«, sagte Irmgard, nachdem sie den Stapel durchgeblättert hatte. »Schöne Ansichten.«

»Ich habe sie selbst aufgenommen«, erklärte er stolz. »Vor ein paar Jahren hatte ich das Glück, eine Leica günstig ergattern zu können und ein Freund hat mir ein wenig über Fotografie beigebracht.« Er sog an der Zigarette und blies mit aufgeblähten Nasenflügeln den Rauch wieder aus, bevor er die Zigarette mit geübter Handbewegung fortschnickte.

»Also sind Sie Fotograf?«, erkundigte sich Irmgard.

»Keineswegs. Ich handele mit Souvenirs. Andenken. Es mag Ihnen vielleicht entgangen sein, doch wir leben in einer prosperierenden Urlaubsregion.« Er hob die Hand und ließ sie mit einer weitschweifenden Bewegung ausholen.

»In wenigen Jahren wird es hier vor Touristen nur so wimmeln, schon jetzt kommen jedes Jahr mehr hierher. Der Bodensee, das ist sozusagen Mittelmeer in klein. Und wer in Urlaub fährt, der möchte seinen Liebsten zu Hause eine Postkarte zukommen lassen, denn was ist schon ein Urlaub, wenn man damit zu Hause nicht ein bisschen prahlen kann? Auch mitbringen will man etwas, etwas, das sowohl den Zielort, als auch den eigenen Geschmack repräsentiert, Andenken also. Aktuell lasse ich in der Schweiz winzige Schneekugeln mit Ansichten vom Bodensee herstellen, Wanderkarten, Tassen und sogar Bierkrüge für die Besucher aus den USA, für die das alles hier irgendwie Bayern ist, habe ich bereits im Programm.« Er wies mit dem Kinn das Ufer hinab.

»Dort unten steht mein Stand. Vielleicht werde ich im nächsten Sommer ein richtiges Ladenlokal anmieten.« Er grinste breit.

»Also sind Sie Geschäftsmann?«, fragte Irmgard und neigte den Kopf, was den Blick auf die herrliche Beuge zwischen Hals und Schulter freigab. Fasziniert von diesem Anblick versank ihr Gegenüber für einen kurzen Moment in Schweigen, dann fuhr er auf.

»Wo habe ich nur meine Manieren? Ich habe ganz vergessen, mich vorzustellen. Hans Goerschel aus dem schönen Berlin.« Er hob den Hut und deutete eine Verbeugung an, was im Sitzen einigermaßen seltsam wirkte und bei Irmgard für Erheiterung sorgte.

»Irmgard«, sagte sie. »Irmgard Siedow. Aus Breslau.« Er griff nach ihrer Hand und drückte in übertriebener Höflichkeit einen Kuss auf ihren Handrücken.

»Es ist mir eine Ehre, Madame.«

Nun konnte Irmgard ein Kichern nicht mehr unterdrücken. Er behandelte sie, wie es die großen Filmstars in den Filmen taten, die sie sich manchmal im Filmpalast ansah, wenn sie das Geld abzweigen konnte, romantische Dramen zwischen Eifersucht, Liebe und Hass und mit den ganz großen Gefühlen, wie in »Sunset Boulevard«.

»Die Fähre kommt«, unterbrach Anna die Unterhaltung der beiden und begann, an dem Griff des Bollerwagens zu zerren, der sich nur schwerfällig in Bewegung setzen wollte.

Irmgard stand auf und klopfte sich Staub und Gras von den Kleidern. Auch Hans erhob sich.

»Madame«, rief er. »Warten Sie!«

Irmgard schloss für einen Moment die Augen, ein Lächeln wanderte über ihre Züge, das sie jedoch rasch wieder unterdrückte, bevor sie sich wieder zu ihm umwandte.

»Ja?«, fragte sie mit gespielter Gleichgültigkeit.

»Heute Abend ist Tanzabend hier im ›Wilden Mann‹. Dürfte ich Sie vielleicht dazu einladen?«

Irmgard konnte hören, wie ihre Mutter die Luft anhielt. Sie wusste, dass sie ablehnen sollte, doch in ihr regte sich etwas, das sie zuvor noch nie in solcher Deutlichkeit gespürt hatte. Mehr als sechs Jahre waren vergangen, seit sie Breslau verlassen hatte, seit ihr eigenes Leben durch den Krieg auf Halt gestellt worden war. Längst wohnten sie nicht mehr mit der Tante in Konstanz zusammen, sondern hatten ihre eigene Wohnung, die Eltern und sie, doch noch immer wollte ihr eigenes Leben nicht mehr in Gang kommen. Die Trennung während der letzten Kriegsmonate hatte dazu geführt, dass weder sie von ihren Eltern fortwollte, noch dass diese sie auch nur eine Minute unbeobachtet lassen wollten, doch in den letzten Wochen hatte sie immer wieder in aller Deutlichkeit gespürt, dass sich daran etwas ändern musste, und nun war es ihr, als hätte ihr Wunsch den Fremden hier am Seeufer regelrecht herbeigezaubert. Wie gut er aussah und wie ausgewählt er sich ausdrückte! Alles an ihm gefiel ihr. Er hatte nichts von der groben Gewöhnlichkeit der Bauern aus dem Umland und nicht die ungehobelte Aufdringlichkeit der französischen Soldaten. Er wirkte wie ein Mann von Welt, mit Humor und Witz und viel Bildung.

Noch bevor ihre Mutter etwas dazwischen rufen konnte, erwiderte sie mit voller Inbrunst: »Ja, sehr gerne.« Ihre Lider flatterten und sie spürte, wie sie wieder errötete, doch diesmal senkte sie den Blick nicht. Er sollte ruhig ahnen, was in ihr vorging, vielleicht ermutigte ihn das.

Hans lächelte. Sie nannte ihm ihre Adresse, dann lief sie rasch davon, der Mutter hinterher, die die Fähre mit dem schweren Wagen bereits beinahe erreicht hatte und ihr böse Blicke zuwarf.

Irmgard ignorierte sie, während die Fähre über das Wasser pflügte, im Westen, über dem Bodanrück, ging langsam die Sonne unter, und in ihr wuchs ein Gefühl, das noch nicht Gewissheit, aber auch nicht mehr nur eine Ahnung war. Sie war kurz davor, einen wichtigen Schritt in ihre Zukunft zu nehmen.

Hans kam pünktlich. Um acht Uhr läutete es in der Wohnung der Siedows, die zwar kleiner als ihre Wohnung in Breslau, dafür aber mit der gleichen Sorgfalt und Liebe eingerichtet war, soweit es der Mangel eben zuließ.

Irmgard stand vor dem einzigen Spiegel der Familie im Flur und betrachtete sich. Ihr Kleid war weder schick noch modisch, doch die weiße Farbe mit den blauen Punkten stand ihr gut und brachte ihre Augen und Haare zum Leuchten. Der Tag heute hatte lebendige Farbe auf ihre Wangen gezaubert und ihre Silhouette zeichnete sich wohlgeformt unter dem Baumwollstoff des Kleides ab.

»Für heute wird es gehen«, sagte sie zu sich selbst. Ihre Mutter hatte sich direkt nach dem Abendessen wortlos in das Schlafzimmer der Eltern zurückgezogen, aus dem sie auch nicht mehr hervorkam. Albert hatte sich wie immer nach dem Abendessen in die Lektüre seiner Zeitung vertieft, in der er stirnrunzelnd die neuesten politischen Entwicklungen verfolgte und hin und wieder mit unverständlichem Gemurmel kommentierte und von der Spannung zwischen den beiden Frauen, wenn überhaupt, nur am Rande Notiz genommen.

Als er das Läuten hörte, ließ er die Zeitung sinken und blickte über den Rand seiner Brillengläser hinweg zur Tür, doch die Tür zum Schlafzimmer blieb verschlossen. Anna schien nicht vorzuhaben, die Tür zu öffnen.

»Anna?«

Seine Stimme verhallte.

»Irmgard?«
Letztere stürmte aus ihrem Zimmer über den Flur.

»Ich bin gleich fertig.«

Albert blickte ihr nach. Was war denn heute nur los? Und wer kam sie so spät noch besuchen?

Langsam erhob er sich, legte die gefaltete Zeitung auf den Tisch neben seinem Sessel, und ging zur Tür und öffnete.

Erstaunt sah er den Mann an, der in Anzug und mit Hut vor der Tür stand.

»Hans Goerschel. Ich bin hier, um Irmgard abzuholen«, sagte Hans in fröhlicher Höflichkeit. Albert kam nicht dazu, ihm zu antworten, denn in jenem Moment riss Anna die Luke über dem Schlafzimmer auf und rief mit lauter Stimme: »Sie ist nicht hier! Irmgard ist nicht hier.«

Verwundert hob Albert die Augenbrauen und sah den nicht minder verdutzten Mann auf seiner Türschwelle an, als hinter ihm lautes Gepolter zu hören war und Irmgard im Türrahmen erschien.

»Ich bin da«, rief sie, ein wenig atemlos und mit geröteten Wangen. »Ich bin da.«

Als Hans sie sah, breitete sich ein Lächeln auf seinen Zügen aus. »Madame«, sagte er und diesmal wurden Irmgards Knie weich.

»Mein Herr, ich verspreche, ich bringe Ihre Tochter um Mitternacht wohlbehalten nach Hause zurück.«

Albert, der noch immer irritiert war über Annas Verhalten, nickte nur und schloss grummelnd die Tür.

»Einen Wagen habe ich nicht«, sagte Hans und wies auf sein Fahrrad. »Aber ich kann dich auf den Lenker nehmen.« Irmgards Blick wechselte zwischen ihm und dem Lenkrad hin und her, dann lächelte sie spitzbübisch und sprang auf. Kurz darauf flogen sie regelrecht durch Konstanz Straßen, hinunter an das Wasser, wo wilde Swing- und Jazztöne bereits vom Tanzabend im »Wilden Mann« kündeten.

Während Irmgard so vor Hans auf den Lenker saß, die warme Augustluft in den Lungen und der Geruch seines Rasierwassers in der Nase, da bemächtigte sich ihrer ein Glücksgefühl, so stark und allumfassend, dass sie laut aufschreien wollte. Sie fühlte sich lebendig, unsterblich und unglaublich glücklich. Hans, der ihr Gesicht und die Verzückung darauf nicht sehen konnte, ahnte was in ihr vorging, und schob sein Gesicht über ihre Schulter dicht an ihres. Nichts daran war fremd oder ungewohnt, alles war so, wie es sein sollte. Irmgard und Hans, so sollte es sein, so würde es sein, von nun an für immer.

Der Abend verging in wirbelndem Tanz und lauter Musik. In den letzten sechs Jahren war Irmgard abends niemals tanzen gewesen, da sie wusste, das die Eltern es nicht wohl gelitten hätten, immerhin waren auf den meisten Tanzveranstaltungen Soldaten und von denen hielt niemand viel. Mit Hans aber war es etwas anderes. Klug war er, mit guten Manieren, ein Mann mit Ideen und selbstständigem Geist. Sie wusste, dass ihr Vater das vermutlich mit nur einem Blick ebenfalls erkannt hatte und ihre Mutter, ihre geliebte Mutter, würde es auch bald verstehen. Die Zeit ließ sich nicht anhalten, nichts blieb, wie es war, alles kam immer in Bewegung und die Dinge mussten sich weiterdrehen.

Der Krieg war aus, lange schon, seine Toten waren bestattet, wenn auch nicht vergessen, aus den Ruinen entstanden neue Häuser und auf den Mangel der ersten schlimmen Jahre nach dem Krieg folgten die ersten guten. An einigen Orten sprach man sogar schon von einem kleinen Wunder, dem »Wirtschaftswunder«, das dafür sorgte, dass in Deutschland immer mehr produziert und konsumiert werden konnte. Es gab mehr Arbeit, als es Hände gab und auch Irmgard hatte schon eine Stelle gefunden.

All die Enge, all das Schwere, der Hunger, die Angst, das Leid, das verschwand allmählich, aus den Herzen und aus den Köpfen, und machte etwas Neuem Platz.

Dieses Neue, das spürte sie in jeder Faser ihres Körpers, als sie mit Hans zu den eingängigen Rhythmen der Swingmusik tanzte und den Jazzmelodien folgte, während ihr süßer Apfelmost den Kopf schwirren ließ. Irmgard fühlte sich leicht und stark wie nie zuvor, als habe sie ihre Vergangenheit abgestreift wie eine alte Haut. Sie erinnerte sich an einen Zoobesuch mit ihrem Vater, damals in Breslau, als sie noch klein war, noch vor dem Krieg. Eine riesige Würgeschlange hatte ziemlich gelangweilt von einem Ast herunter geblickt und ihr Vater hatte ihr erklärt, dass das Tier, um zu wachsen, seine Haut vollständig abstreifen musste. Es wurde also immer wieder neu geboren. Irmgard war fasziniert gewesen.

»Auch du häutest dich, meine Liebe. Innerhalb von sieben Jahren hat sich deine Haut vollständig erneuert. Dann bist du ein neuer Mensch«, hatte Albert damals gesagt, einen Satz, den sie immer in Erinnerung behalten hatte.

Fast sieben Jahre war es nun her, dass sie mit ihrer Mutter Breslau verlassen hatte, als der Krieg immer näherrückte und mit ihm die Ostfront, als sie den Vater zurückgelassen und erst nach Pommern und dann quer durch Deutschland nach Konstanz zu Tante Ruth gereist waren, durch ein Land, das in Trümmern und Elend versank.

All die langen Wochen danach, in denen sie auf ein Lebenszeichen von Albert gewartet hatten, die angstvollen, bangen Abende vor dem Radio, nur um zu erfahren, wie es um den Rest des Reiches stand. Es sah nicht gut aus, das wussten sie. Entweder war er tot oder in Kriegsgefangenschaft, doch tief in ihrem Inneren hatte Irmgard immer gewusst, dass ihr Vater noch am Leben war, und dass er zu Ihnen am Bodensee finden würde. Und an jenem Spätsommertag, abends, hatte er einfach vor dem Haus gestanden und gelacht, ganz so, als habe ihm jemand die lustigste Geschichte überhaupt erzählt.

Ihr Blick wanderte zu Hans, den sie heute erst getroffen hatte und der ihr doch bereits wie ein Mensch schien, den sie schon ihr ganzes Leben lang kannte. Sie las in seinem Gesicht, las von seiner Güte, von seiner Klugheit und von dem Schmerz, den auch er erlebt hatte. Niemand überlebte einen Krieg wie den letzten unversehrt, er hatte in jedem von ihnen Spuren hinterlassen. Doch nun war sie da, eine neue Zeit, eine voll Glück und Hoffnung und Zukunftsfreude.

Es war Irmgard, die ihre Hand auf Hans Arm legte, eine fast beiläufige Bewegung nur, die er aber sofort verstand. Er griff nach ihrer Hand, nahm sie fest in seine und sah sie an. Und Irmgard las in seinen Augen alles, was sie selbst gerade empfand, sein wortloses Versprechen, von nun an alles gemeinsam mit ihr tun zu wollen. Die Flucht zum Bodensee hatte nicht nur ihre Familie in den Wirren des Krieges wieder zusammengeführt, sie hatte am Ende auch Hans und sie zusammengebracht. Von hier an, das wusste sie, würde alles gut werden und eines Tages würden sie ihren Kindern von all den Abenteuern und Gefahren erzählen, die sie auf dem Weg hierher erlebt hatten. Doch bis dahin war es noch lange hin. Solange würde sie die Erinnerungen in sich aufbewahren wie einen Schatz.

Endnoten:

(1) Originalauszug aus dem Wehrmachtbericht, in: Die Wehrmachtberichte 1939-1945 (1985), 3, 1. Januar 1944 bis 9. Mai 1945, Reprint. dtv, München, S. 399 ff.

(2) zitiert nach: Horst Gleiss: Breslauer Apokalypse 1945. Dokumentarchronik vom Todeskampf u. Untergang einer dt. Stadt u. Festung am Ende des 2. WK unter bes. Berücksichtigung der internat. Presseforschung, persönl. Erlebnisberichte von Augenzeugen Wedel 1986, Bd. 1, S. 204.

(3) ebda.

Nachwort

Dieser Roman beruht auf wahren Begebenheiten. Albert, Anna und Irmgard Siedow und Hans Goerschel gab es wirklich, Irmgard Siedow ist meine Mutter, die mir später von der abenteuerlichen Flucht zum Bodensee berichtete, Hans Goerschel ist mein Vater. Als ich dann aus Dokumenten meines Vaters von der Schlacht um Schloss Itter erfuhr, an der er nachweislich teilnahm, stand der Beschluss fest, diese Erlebnisse meiner Familie in Buchform festzuhalten. Ich entschied mich für eine romanhafte Erzählung, so dass dieses Buch neben viel historischer Wahrheit auch fiktionale Elemente gibt. Weder existierte der spätere SS-Mann und Freund meines Großvaters Hermann wirklich, noch dessen junger Angestellter Herr Kurow.

Die Szene am Zaun eines KZs hat sich nach Erzählungen meiner Mutter in ähnlicher Weise Ende der 1930er Jahre abgespielt, allerdings ist nicht mehr nachvollziehbar, um welches Lager es sich wirklich handelte. Mein Großvater Albert Siedow blieb bis Mai 1945 in Breslau, seine Flucht nach Südwesten ist ebenso authentisch, wie die Reise meiner Großmutter und Mutter im Lazarettzug, allerdings sind jeweils nur Stationen bekannt. Die Einzelheiten sind fiktional erweitert worden, um der gewählten Romanform gerecht zu werden. Alle historischen Begebenheiten wurden nach bester Möglichkeit recherchiert und wiedergegeben.

Die Beschreibung der Ereignisse um Schloss Itter folgen mehrheitlich den Recherchen, die Stephen Harding in »Die letzte Schlacht: Als Wehrmacht und GIs gegen die SS kämpften« (Aus dem Amerikanischen von Andreas Wirthensohn © Paul Zsolnay Verlag Wien 2015) zusammengetragen hat, der meinen Vater nicht namentlich erwähnt, so dass seine historische Rolle bei der Schlacht um Schloss Itter nicht endgültig nachzuvollziehen ist.

Über die Wanderung meines Großvaters Albert Siedow von Breslau nach Konstanz ist nur wenig bekannt. Er erzählte mir nur, dass er sich von dem Sudetengebiet fernhielt, aus Angst, ihm könne etwas zustoßen. Auch, dass er auf seinem Weg bestohlen wurde und sehr erleichtert war, als er die amerikanische Zone erreichte, hat er mir so erzählt. Wie und auf welchem Weg er wirklich nach Konstanz kam, ist nicht überliefert, auch seine Erinnerungen wurden entsprechend fiktional erweitert, um ein möglichst authentisches Bild des ersten Nachkriegssommers in Deutschland zu bieten.

Das Kennenlernen meiner Eltern in Meersburg am Bodensee hat sich – inklusive der Reaktion meiner Großmutter – ihren Erzählungen nach - in etwa so abgespielt, wie es in diesem Buch dargestellt wird. Der „Wilde Mann" wurde fiktional von Meersburg nach Konstanz verschoben.

Das Titelfoto wurde mir freundlicherweise von der Deutschen Eisenbahnstiftung Joachim Schmidt, Sulzbach am Main, zur Verfügung gestellt.

Zeitfracht Medien GmbH
Ferdinand-Jühlke-Straße 7
99095 Erfurt, Deutschland
produktsicherheit@kolibri360.de